新 潮 文 庫

新版 國語元年

井上ひさし著

新 潮 社 版

10846

新版 國語元年

國語元年

とき
明治七年（一八七四）の夏から秋にかけて。

ところ
東京 麹町《こうじまち》番町善国寺《ぜんこくじ》谷《だに》。南郷清之輔《なんごうせいのすけ》邸。

ひと

南郷清之輔（三十二）主として長州弁

光《みつ》（二十八）鹿児島弁

重左衛門《じゅうざえもん》（五十八）鹿児島弁

秋山加津《かつ》（三十四）江戸山ノ手言葉

高橋たね（五十前後）江戸下町方言

御田《おんだ》ちよ（二十八）大阪河内《かわち》弁

江本《えのもと》太吉《たきち》（二十前後）主として無口

築館《つきだて》弥平《やへい》（四十前後）南部遠野《とおの》弁

広沢修二郎（二十）名古屋弁

大竹ふみ（二十一）羽州米沢《よねざわ》弁

裏辻《うらつじ》芝《しば》亭《てい》公《きん》民《たみ》（三十八）京言葉

若林《わかばやし》虎三郎《とらさぶろう》（四十）会津《あいづ》弁

第一幕

1　御田《おんだ》ちよが怒鳴り込んできた日

オーケストラが「むすんでひらいて手を打ってむすんで」(ルソー作曲)を演奏しはじめる。と同時に場内溶暗。この、日本最初の小学唱歌のひとつが終り近くになるころ、ゆっくりと照明《あかり》が入ってくる。

そこは、東京麹町《こうじまち》番町善国寺谷《ぜんこくじだに》(現在の日本テレビから地下鉄七号線麹町駅へ出る途中の坂)の南郷清之輔《なんごうせいのすけ》屋敷の、茶ノ間、お勝手板ノ間、そしてお勝手土間。すなわち、下手《しもて》から、お勝手土間、お勝手板ノ間、それから上手《かみて》に茶ノ間。上手際《ぎわ》前方に後架があり、掃き出し口と窓とが見える。下手際前方に井戸。茶ノ間には縁側と舞台前面の庭へとおりる踏み石。

茶ノ間の奥は襖《ふすま》をへだてて清之輔の居室（上手）と光《みつ》の居室へと繋《つなが》っている。襖の上に戸付きの長い神棚。茶ノ間の上手後方は障子、その障子をあけると廊下。廊下へ出て前方にくれば後架、奥に入れば重左衛門《じゅうざえもん》の居室や玄関や広沢修二郎の寝起きする書生部屋へ行くことができる。お勝手板ノ間の奥に女中部屋がふたつ、これも障子の開け閉め。お勝手土間の奥には大きな戸棚がある。戸棚の裏側は奉公人たちのための後架であるが、もちろんそのようなものは観客に見えなくてもかまわない。

ところで、この劇の展開する明治初期という年代を考えれば、断然、異彩を放っているのがピアノ（竪型《アップライト》）である。これは一年近く前、清之輔が「唱歌取調《とりしらべ》掛《がかり》」を拝命した際、舅《しゅうと》の重左衛門が南郷家伝来の書画骨董《こっとう》類を処分して、横浜のさるイギリス商館長から入手したものである。ピアノは茶ノ間の、最もお勝手の板ノ間に近いところに置いてある。

さて今、そのピアノを江本《えのもと》が叩《たた》いている。曲は今の今までオーケストラが鳴らしていた「むすんでひらいて」。もちろんこの曲は七年後の明治十四年に「見わたせば」という題で『小学唱歌集初篇』に載り、やがて「むすんでひらいて」として広く歌われることになるのであるが、今、この明治七年には南郷清之輔作の詞で題も「案山子《かかし》」。

清之輔、弥平《やへい》、ふみ、そして重左衛門の四人は一所懸命に、光と加津《かつ》とはやや控え目に、歌っている。たねは歌いたいが歌えない。箱根山より西には化物が棲《す》んでいるといまだに思い込んでいるこの飯炊《めした》き婆《ばあ》さんにとって洋楽は、それこそ唐人の寝言よりも珍竕漢《チンプンカン》なのである。

もうひとり「案山子」を大声で歌いながら、庭で記念撮影の準備をしている若者がいる。広沢修二郎といって、ここ南郷家の書生である。なお、写真機は箱型、レンズの蓋《ふた》がシャッターの役目をするという方式。フィルムは湿板式《コロジオン・プロセス》。

朝《あさ》の田《た》の案山子《かかし》どのは
眩《まぶ》し気《げ》でござる
東《ひがし》を向きて

ぴんと立ってござる
朝日《あさひ》が目《め》に入《い》る
それで眩しくござる

太吉《たきち》が低く旋律を叩く。修二郎が不意に正面を向いて、名古屋方言で観客に語りだす。

修二郎　今日はナモ、この南郷家にとって大変に《イキャイコトオ》御目出度い《メデテァー》日なのです《ナンデャワ》。ここのご主人はヨー、文部省の御役人をしておられる《ミエル》ケド、今朝、半年がかりの大仕事をすっ《ウック》かり《シュウ》やりとげ《デカシ》なすったゾェーモ。そいでヨー、そいを記念しての写真撮影ちゅうわけです《ダガ》ネー。

修二郎を除く全登場人物は、修二郎が以下全篇を通して行う「語り行為」にいささかも影響を受けてはならない。

ピアノの間奏が終ったところで一同は、

昼の田の案山子どのは
うれし気《げ》でござる
雀《すずめ》が寄せ来《く》れば
睨《にら》み据え脅《おど》し
稲《いね》をば守り国をば守る
それでうれしくござる

太吉が低く旋律を弾く。

修二郎（ふたたび観客に向って）ご主人南郷清之輔様《ソン》のお役目は、「文部省学務局四等《よんとー》出仕《しゅつし》小学唱歌取調掛」言いまして《イーヤシテ》ナモ、世界六大州《セケアーろくだいしゅう》の民謡、そいから讃美歌《さんびか》の中から小学校生徒にも歌えそうな歌を選んで、そいでナンダナモ、自分で歌の文句や題名《デエアメエア》付けて、「小学唱歌集」ちゅうもの《モン》を編まれましたでノン。これはそのうちのひとつで、題名《デエアメエア》は「案山子」ちゅうんだエモ。

ピアノの間奏が終ったところで一同は、

夜の田の案山子どのは
さびし気《げ》でござる
やぶれ笠《がさ》ぬぎすて
お月さま見たや
されど両手は使えず
それでさびしくござる

清之輔は大満悦の様子で、

清之輔 家族《ミウチ》に奉公人《ホーコーニン》、皆、大層良い《タイソーエー》調子《ヒヨーシ》に声が揃う《ソロー》たようだ《タミタエージャ》。わしは《ワシャー》満足でアリマスヨ。

光 ハイ。とても良い《トテンヨカ》歌ですわ《ゴアンド》。

清之輔 （しみじみと頷《うなず》いて）今の歌《インマガタ》で唱歌が十曲揃っ《ソロー》た。さて《サー》、これで「小学唱歌集」は完璧《かんぺき》に出来上ったでノー。明日《アヒタ》の朝一番に役所で田中不二麿《たなかふじまろ》閣下にお目にかかって、この唱歌集をお目にかけることにしよう《シヨー》。田中閣下はきっと《デヒ》ほめてくださるはずジャ。

重左衛門　めでたい《メデタカ》、めでたい《メデタカ》、婿《むこ》ドン、めでたい《メデタカ》。（光に）こんな《コゲン》上等な《ジッパナ》亭主殿《オテスサア》持って、光は本当に《ホンノコテ》果報者《カホモン》ジャ。光、お前の《オハン》オテスサアは出世スッド。

光　（うれしく）ハイ。

重左衛門　光のオテスサアは今に《インマニ》、きっと《センガセン》、薩摩《さつま》の《ン》、鹿児島の《カゴツマン》南郷家の名を上げてく《ク》れる《レッ》ジャロ《ジャイニー》。

光　（ますますうれしく）ハイ。

重左衛門　これで《コイ》光に赤ン坊《ヤヤッコ》でもできてくれれば《デンデクイクレッバ》、我々《オイドンガ》南郷家も万々歳ジャガニー。

光　（小さくなって）……ハイ。

かなり前から、加津は袖《そで》を目に当てていたのであるが、

加津　涙をお見せしたりしてお許しくださいまし。ただ、旦那様《だんなさま》の苦心のお作による歌の文句を口の端《は》にのぼせておりますうちに、この半年の間の、旦那様や奥様、それに御隠居様の御苦労のほどがあれやこれやと思い出され、それで思わずこみあげて……。旦那様が洋楽教授として江本太吉さんをこちらへはじめて連れてみえた日

のことが昨日のことのような気がいたします。

たね あれァたしか去年の一ノ酉《イチノトリ》のこった。そうだよね、お加津さま。

加津 (頷いて) それから御隠居様が旦那様のお仕事のお為《ため》をお思いなされ、御家《おいえ》に伝わる書画骨董を処分あそばして、横浜の英国《エゲレス》商館長からピアノを譲り受けられた日のこと……。

たね 忘れもしねえ、それが二ノ酉の晩方《ばんがた》のことサ。

弥平 そうですよ《ソデガス》。おらが荷車《くるま》引い《ヒー》でピアノ様《サマ》ば御迎え《ムゲー》さ行ッタコッタッター。それ《ン》で《デ》三日かかって《カガッテ》此処へ《ココサ》運んで《ハゴンデ》来たのではなかった《ネガッタ》べか《ベカ》。

加津 (頷いて) それからの旦那様の御精進というものは (トまた袖を目に押し当てる) ……。

修二郎 本当《ホントー》だナモ。諸外国《ゲエアコク》の小学児童が学校や家《うち》でどんな《ドナイナ》唱歌《ショーカ》をうとうとるのか、それを調べると言いなさって《イーヤシテ》、軍楽隊《グンガクテエア》の外国人《ゲエアコクジン》楽長の宿舎に日参されやしたナモ。教会《キョーケエア》にも通いなさって《カヨエーヤシテ》、讃美歌《サンビカ》もお聞きナセーヤシタデァモ。本当に忙しずくめ《ショートクセワシーツメ》の半年だったでヨー。

ふみ 奥方様《オガタサー》も大変《タエヘン》ヤンサラワンサラ (苦労) 為て《スエ》居だたスよ。旦那様《サ》が夜通し仕事《ヨッピテスゴト》を為ッ《サス》時《トギャー》は、その傍に《ソバサ》家守《やもり》みたいに《ミデニ》ペターッと貼り付いで《ハッツエデ》スー。

加津　（またも頷き、きっぱり涙を払って）旦那様に奥様、そして御隠居様、お三方の御苦労がこうしてこの「小学唱歌集」にみごとに稔《みの》りましてございます。おめでとうございました。

修二郎　本当《ホントー》だナモ。おめでたい《オメデテァー》ことだナモ。

たね　おめでとう《オメデトー》ございました《ゴアンシタ》。

弥平　メデテクテエガッタ。

ふみ　メデタメデタの若松様《ワガマツサー》よ、だズー。

太吉　（ピアノで短かく「おめでとうございます」）

　奉公人たちの祝福を胸迫るような思いで聞きながら、たがいに見つめ合い、ねぎらい合う清之輔と光。その二人をうれしくしみじみと眺めている重左衛門。

修二郎　（空を見あげて）雲が切れたようだナモ。お天道様《テントソン》が顔《キャオー》を出したゾェーモ。急《チ》いで《ヤット》縁先に並んでください《オクレヤースバセ》。写真を撮るでナモ、急いで《チャット》並んで頂戴《チョーデー》んナモ。

　清之輔、光、重左衛門の三人は縁先に並んで坐《すわ》る。奉公人たちはそのうしろに並ぶ。全員コチンコチン。なお清之輔は「小学唱歌集」原本をしっかと膝《ひざ》に立てている。

修二郎　あのナモ、仇討《あだうち》の前に記念写真を撮ろういうんジャないがネー《ネエア》。これはオメデテェーア写真ですがネー。怖い顔しちゃいやだゾェーモ。

一同、不自然なエビス顔になる。

修二郎　……旦那様《ソン》、もうちょこっと普段《ふだん》のお顔《キャオ》におなりあそばイてちょうでァーィあすばせ。はいはい《ヘイヘイ》、そうそう《ソーソー》。あのナモ、そいでナモ、これからわたし《ワシャー》は数を五十、数えるでナモ、その間《エアーダ》、ぴくとも動《イン》いちゃあかんゾェーモ。

修二郎、レンズの蓋（＝シャッター）に手をかけて、

修二郎　そいジャーナモ、レンズの蓋、取りやすゾェーモ。動《イン》かんでくりャースばせ。

一同、一斉《いっせい》に大きく頷く。

修二郎　動《イノ》いちゃあかん言《アーカンユー》うとるのにヨー、本当に往生するわ《ショートクオージョースルワ》。いちいち頷かんでも良《エー》いがネー。ヘッ、レンズの蓋、取りやすゾェーモ。(蓋を取る)……一《ワン》、二《チー》、三《スリー》、四《ホー》、五《フエアブ》、六《シックス》……。

一同、身じろぎひとつせずカメラを見つめている。

修二郎　そうそう《ソーソー》、その調子でやってくださいよ《ヤットクリャースカ》。(観客に)わたし《ワシャー》は名古屋の瀬戸物《セトモン》問屋《トエヤ》の次男坊《ニバンムスコ》でネー、この南郷家の書生をしとりヤスエモ。名前は広沢修二郎、午《ヒル》前中《メエァー》は神田の英学塾《エーガクジュク》に通っとりヤスケド、じつはナモ、写真がたくさん《ヨーケニ》好きになってまうてドモナランのですがネー。そいでナモ……(一同に向い)九《ネアイン》、十《テン》、十一《じゅういち》、十二《じゅうに》、十三《じゅうさん》……。(観客に)名古屋の祖父母《ジッサバッサ》に泣きついてナモ、どうやらこうやら《ドウゾコウゾ》中古《ちゅうぶる》写真機一式、手に入れたとユーヨーなわけですがネー。(一同に)十九《じゅうく》、二十《にんじゅう》、二十一《にんじゅいち》……。(観客に)このまま学問をするか《セル》、写真師の修業をするか《セル》、今《インマ》、大い《ガイ》に《ニ》迷《マヨー》うとるところデァーモ。まだ《マンダ》、勘考《カンコ》しとるところデァーモ。(一同に)二十八《にんじゅはち》、

二十九《にんじゅく》、三十《さんじゅ》……。

トこのとき、上手の袖の奥（南郷家正門）から、若い女の、大阪河内《かわち》弁による怒鳴り声。前もって正体を明かしておくと、この女は御田ちよ、大阪の元女郎。

ちよ ……おう、南郷清之輔はどこやあ！ 清之輔、出てこんかあ！

声のした方へ思わず顔を向けようとする一同。

修二郎 動《イゴ》いてはアカンがネー。動《イゴ》いてはいやでギャーモ！

ト制するところへまたも、

ちよ 出てこんなら、アテの方から行きヨルど！

修二郎 動《イゴ》くのはオキャーセ！

ちよ 清之輔、もう逃げられんのじゃい。観念せんかい！

杖《つえ》がわりの木の枝に花模様の風呂敷包《ふろしきづつみ》をくりつけたのを肩に担《かつ》いだ女が、上手から庭へと登場。全体に派手な拵《こしら》え。ただし長い旅塵《りよじん》のあとがはっきりと見てとれる。足許《あしもと》の拵えは草履。

修二郎　（一同に向い、手を合せんばかりにして）動《イノ》かんでチョー。この女《オジヨロマムシ》を見ちゃアカンゾェーモ！（ちよに）あなた《オミヤイサマ》、ちょっと《チヨロット》静か《ソーツ》にしてチョーデァースバセ。

ちよ　（修二郎に）なに言いさらしてやがんねん、このアホンダラのポンスケ。なにぺ《ワチヤ》チャクチャ《ワチヤワチヤワチヤ》言うてんのや。

修二郎　あのナモ、あなた《オミヤイサマ》が右《イ》へ左《イ》へ動《イノ》くたんびに、皆《ミナ》さん《ハマ》の顔《キヤオ》も右イ左イ動《イノ》くんだがネー。そうすると写真がヨーうつらんのでヨー。

ちよ　やかましい《ジヤカマッシヤイ》！

ちよ、杖を振りあげ、写真機の脚へ一撃。思わず写真機に抱きつく修二郎。一同の、動かずにいようという意志も崩れてバラバラ。

ちよ　清之輔はどこやあ！　ボケの、マヌケの、女《スケ》こましの、役立ず《ガシンタレ》の、カスはどこやあ！

修二郎　アーア、また出来損い《コトソンジ》の写真、撮ってしまった《マウタ》、ギャフンとこいたナモ。(観客に)とにかく種板《たねいた》の薬《キュスリ》が乾かんうちに現像せんとナモ。(一同に)あのヨー、直に《ジキニ》現像させてチョーデァー……。

修二郎は脚ごと写真機を横抱きにして上手際の後架のすぐそばから上って上手奥の廊下へと走り込む。

ちよ　(修二郎が去るのを見て)けっ、アタケッタイなボケナス。(南郷家の人々に向い)おう、早《ハヨ》く清之輔を出さんかい。あてはな、女のうらみほどオットロシイもんはこの世にないチュウことを、清之輔に教えとうて大阪から出てきたんや。清之輔を隠したりしたらタメにならんで。わかったのー。

加津　(裂帛《れっぱく》の気合)お控えなさいまし。

ちよ　(さすがに気圧《けお》されて)な、なんじゃい。

加津　全体になにを申されているのやら皆目見当がつきかねます。

ふみ　そう《ン》だ《ダ》ンダンダケ、突拍子《トン》もない《ナ》訛《なま》り具合《グエー》で、とても事《ゴド》にこの日の本《モド》の言葉とは《ドワ》思われな《オモワンニャ》がったゾ。

ちよ　なにぬかしてけつかんねん、チイトモわからん。

たね　わからんのわからんで、これがホントのお互いさまサネ。

ちよ　あのな……。

加津　ただし、お前様がこの南郷家の御当主を呼び捨てになさっていたことだけはよくわかりました。いけませぬ。文部省四等出仕と申さば、新政府の御高官、すなわち官員様、断じて呼び捨てはなりませぬ。

ちよ　美人《ウックシモン》やね、あんた。

加津　ウックシモン……？

ちよ　不器量《ブキリヨ》の逆《ギャク》ゥー。ヘチャムクレのあべこべ。シャーケドあんたがここの奥様《オウチサン》やったとしたら、あてのこと堪忍《カンニ》してや。

加津　はあ……？

ちよ　あてな、大阪の浮世《ウキヨ》小路《ショオジ》で姫《ヒメ》をしとりましたんや。ほいで二年前にあの女《スケ》こましと深い仲に……。

加津　ヒメ、と申しますと？

ちよ　またまたとぼけて、このォ……。

たね　（ポンと手を打って）お女郎のことですわさ、お加津さま。吉原《よしわら》で飯炊《めした》きをしていた時分、お女郎を上方ではヒメとかビビンチョとかいうなんてことをチョイト耳学問しましたよ。

清之輔と重左衛門は闖入者《ちんにゆうしや》が遊女らしいと知ってなんとなく前へ出てくる。

ちよ　ほいでにその女《スケ》こまし、あてに、年期があけたら夫婦《ミヨト》になろやと巧い事言《シマイ》うといて、なじみ初《そ》めて三月目《みつきめ》に、あてに内緒で抱え主からゼゼ二百両、前借しくさってどろん。

加津　もそっとゆるりと話してくださいませぬか。

ちよ　ツマリやね、あの女《スケ》こましはノー、あての年期を、勝手に、二年も、延しくさったんじゃ。あてのこのカダラ（身体）に二百両の借金押しつけて、尻《ケツ》に帆《ホー》かけ雲を霞《かすみ》と消えてしまいヨッタんじゃい。この手の騙《かた》りな、此頃《インマ》、流行《はやり》なんやて。

加津　そういたしますと、あなたは、その、女《スケ》こましサマが南郷家の御当主であると、そのようにお考えなのでございますね。しかしいささか信じがたいお話で……。

ちよ　なにをウジャウジャ言うてんね。その女《スケ》こましがノー、大阪府《フー》役人南郷清之輔と名乗りくさっておったからこそこないして、年期の明けるを待ちかねて駆けつけてきたんやないけ。大阪府の庁舎《チョーシャイ》へも殴り込みかけてやったで。ホイデニついさっ《インマノサ》き《キ》、文部省イモ怒鳴り込んだがな。そんときに裏門のオッチャンがここの所書き、教え《オセー》てくれはったんや。さ、清之輔、出してもらおかい。奥様《オウチサン》にゃシンドイことになるかもしれへんけど、ここはきっぱり《キッシリ》と落し前つけてもらわんとな。

加津　文部省に御栄転あそばす前、たしかに旦那様には、ホンの百日ばかり、大阪府へ出仕なされておいででございました。そのことはわたくしどもも幾度となくうけたまわっております。けれどそれにしても……。

重左衛門　そうとも《ジャットヨ》！　自分《オイ》が新政府の隅《スン》から隅《スン》まで莫大に《ドッサイ》金銀《ゼンゼン》使って《ツコテ》、文部省に入《イイ》れてやったんじゃぞ《レーッタッタンジャドー》。それを《ソイ》……、婿《むこ》ドンの大馬鹿者めが《イッバカモンメー》！　不届き《ナッチヨラン》である！

光　アラ、ヨー、あなた《アンター》、どうして《ナイゴテ》そんなこと《ソゲナコツ》をなさったの《シチヨッタトナー》。

清之輔　これは何かの誤解であっちょってでアリマスヨ。

光　あなた《アンター》、弁解は《コトワイワ》いいですよ《ヨシュゴアンド》。でも《ソヤドン》、これからは《コイカラワ》、こんなことのないようにして《コゲンコツガナカコッシッセー》、気をつけてくださいね《キヲツケヤッタモンセ》。

清之輔　いやいや《イギャー》、誤解ジャ。

ちよ　あんたらときたらアホダラグチばかりききヨッテ、ええかげんにさらせ。いつまでもアンキョロリンとシトーラレン。おう、隠すなら隠しくされ。あてが自分で探したろやないけ。

ちよ、止める奉公人たちを突き飛ばしながら茶ノ間に上って正面の襖《ふすま》を勢いよく開き、

ちよ　清之輔はどこやあ！　出てこんかい！

このとき太吉、渾身《こんしん》の力を指先に込めてガーンとピアノを叩《たた》く。ちよはさすがに仰天。

ちよ　わーっ、なんじゃい、今《インマ》の音は……！　だれぞあてを大砲《オーヅツ》でも狙《ネロー》うたんか。

ト井戸までいっぺんに退いて、様子を窺《うかが》う。そのちよに向い、

清之輔　ねえ《ネー》、きみ《ター》、その女性《ネーサー》よ。突然《ダマカシ》にネーサーが現われてノンタ、わけのわからんお国訛《くになま》りを振り回すから沢山《シコタマ》タマゲテ呆然《ボカン》としチョッタのじゃが、わたくしが南郷清之輔でありますがノンタ。

ちよ　な、なんやて?!

清之輔　だれかがわたくしの名を使《ツコー》ってノンタ、ネーサーを騙した《ナブッタ》のじゃろーノー。

ちよ　ナブッタ……？

清之輔　だまくらかされたのでノンタ。ネーサーはだれかに食《カ》わせられたのでアリマスヨ。

ちよ　ほんまにアンサンが清之輔、ハンか。

清之輔　うむ《アー》。遠方《エンポー》から苦労《タイギ》なことでノンタ。

ちよ　嘘騙《ウソダマ》しこいたら命無くなる《ノーナルド》ぞ。

清之輔　真実《ホント》じゃ。（重左衛門に）ノータ御上《オンジョ》？

重左衛門　（頷《うなず》いて）真実《マコテ》ジャ。（清之輔に）先刻《インマサッ》は、御無礼様なこと言った《ゴベイサーナコッユッシモタ》。

光　（清之輔に）ごめんなさい《ゴメンナッタモンセ》。（ちよに）これはわたしの旦那様《コイハアタインオテスサア》……、ハイ。

加津　（ちよに）清之輔様はわたくしども奉公人一同の御主人様、それにまちがいはございませぬ。

たね　あたしも請け合うよ。
ふみ　んだんだ。
弥平　んだごった。
太吉　（ピアノで「ンダ」）

ちよ、思わずふらっとなる。

清之輔　ねーたー、ネーサー、わたくしの顔をもう一度《イッペン》良《ヨー》く見てくれんかノンタ。その女《スケ》こまし清之輔と、この真実《ホント》の清之輔と、顔立ちチューモンがまるきり《スッカリ》違っておるでありましょうがノー。
ちよ　此方《コッチャ》より彼方《アッチャ》の方《ホオ》が何から何まで《スコンコト》男前《マイ》やったわ。
清之輔　……成程《イカニモ》。
ちよ　なんでや……！
清之輔　アー？
ちよ　なんであてだけがこんな目《メー》にあわなアカンのや。なんでやねん。飢《カツエ》てならん……。

もう一度ふらついて引っくり返ってしまう。びっくりして駆け寄る奉公人たち。そこへ上手廊下から濡《ぬ》れた印画紙（八ツ切ぐらいか）を両手でつまんでぶら下げた修二郎が飛び込んできて、

修二郎　やっぱり良《ヨー》く写っとらんかったでナモ！

すとん、と照明《あかり》が落ちて、できるだけ早く、スクリーンに修二郎の、その「良《ヨー》く写っとらんかった」記念写真が投写される。

2　公民《きんたみ》先生が転がり込んできた日

「1」の翌日の午後、陽はまだ高い。舞台前面の庭では、重左衛門が半弓の稽古《けいこ》に励んでいる。井戸端に古い戸板を立て、それに標的を下げて矢を射込んでいる。

茶ノ間の上手《かみて》側では、光が花を活《い》けている。

茶ノ間下手《しもて》側から板ノ間にかけて祝宴の支度が進められている。ずらりと並んだ箱膳《はこぜん》に、いま仕出し屋から届いた刺身の皿を、加津の指図のもと、ふみとたねが配っている。団扇《うちわ》で膳に集《たか》る蝿《はえ》を追っている太吉。もっともやがて膳にはそれぞれ布巾《ふきん》がかけられることになるだろう。

重左衛門の矢が標的にポンと突き立つのが加津にあることを思いつかせて、

加津　奥様、ちょっとよろしゅうございますか。

光　はい……。

加津　差し出がましゅう存じますが、今夕の祝宴に、奥様、御隠居様はもちろんのこと、お許しいただけるのであればわたくしども奉公人も加わって皆で、旦那様《だんなさま》のために歌をうたって差し上げてはいかがでございましょうかしら。

光　歌《ウッタトナー》ですって？

加津　はい、今日の御役所の旦那様の周囲《まわり》には、文部省を束ねておいでの田中不二麿閣下をはじめ上役の方々のおほめの言葉が、きっと渦を巻いているにちがいございません。

光　でしょうね《ジャットナー》。

加津　けれど、旦那様にとってなにになにもましてうれしきものは、奥様や御隠居様のお歌。それも今日、お役所へお出しあそばした「小学唱歌集」のなかの、なにか一曲を歌って差し上げたら、それはもうおよろこびになりますよ。

光　（輝いていた表情をいっそ輝かして）加津どんの頭のいいこと《ビンタンノヨカコッ》。アイガト。……けれ《ソイド》ども《ンカラ》、どの《ドン》歌《ウッタ》がいい《ヨカ》かしら《カネー》。

加津　「小学唱歌集」のなかの歌であれば、どんな歌でも、およろこびあそばしますよ。そのひとつひとつをお選びになったのは旦那様、題をお決めになり、歌の文句をお作りになったのも旦那様でございますもの。いわば全十曲が旦那様のいとしいお子《こ》……。

光　（表情をすこし曇らせて）子《コドン》……。

加津　（あわてて）ただ強いて旦那様のもっともお好きなものを一曲選ぶということになりますと、えー、さようでございますね、えーと……。

太吉が、後《のち》に「夕空はれて あきかぜふき」（『故郷の空』）の歌詞で大いに歌われることになるスコットランド民謡の冒頭の旋律をピアノで弾く。庭から重左衛門が、

重左衛門 オオ、ソイジャガ、ソイジャガ！
光 （頷《うなず》いて）「春《ハイ》、夏《ナツ》、秋《アツ》、冬《フイ》」……。
加津 ええ、ええ、この「春《ハル》、夏《ナツ》、秋《アキ》、冬《フユ》」なら旦那様が特にお気に入りの歌。きっとおよろこびなさいますよ。
ふみ おらもこの歌、好ぎだス。

トいう次第で居合わせた全員が歌う。

春ぞものみなよろこばし
吹く風さえもあたたかし
庭のサクラやウメのハナ

眺めつたのしきまどいせむ

夏ぞ草木《くさき》の葉もしげり
牡丹《ぼたん》もあやに咲きにけり
夕暮《ゆうぐれ》かけて飛ぶホタル
眺めつたのしきまどいせむ

秋ぞ遠くに祭あり
笛や太鼓の音《ね》もかすか
晴れて雲なき星月夜
眺めつたのしきまどいせむ

冬ぞ囲炉裏火《いろりび》なつかしき
鉄瓶《てつびん》しきりに湯気立てむ
外《と》の方《かた》みれば銀世界
眺めつたのしきまどいせむ

歌の後半で女中部屋からちよが出てきて、半分、呆《あき》れ顔で一同を見ていたが、

ちよ ナンヤ知らんけどエライやかましい家《ウチ》やな。どこを押したらソネン気色《キショク》ワルイ声が出んのやろ。おかげで目《メエ》さめてもうたやないけ。

ふみ なにバぐだらしゃだら言《ユ》ってんだべな。もう午後《ハーカラヒルマカラ》の三時《サンズ》だジョオン。

たね そうだよ、冬場ならそろそろたそがれてくる時分だよ。

加津 ちよさん、お前さまは丸一日、眠り呆《ほう》けていたのですよ。

ちよ 丸一日？ われながら呆れ《ヨオイワンワ》た。

加津 昨日あれから奥様にお前さまの今後の身の振り方についてご相談もうしあげました。たしか行くあてがないとお言いでしたね。

ちよ へェ。

加津 しばらくお勝手のお手伝いをなさい。

ちよ へェ。

加津 さ、奥様にお礼を。

ちよ (手を合せて) オォキニ。

光、頷きながら、ちよにニッコリ笑いかける。

たね　アイサ、御勝手はあたしの受け取りだ。ちっとばっかしきつく仕込むが承知かえ。

ちよ　……へ？

たね　あのネ……。

加津　こちらの御屋敷ではいくつものお国訛《くになま》りが通用しておりましてね、たとえば御隠居様と奥様は薩摩《さつま》言葉、旦那様は長州言葉。奉公人では書生の広沢さんが名古屋言葉、車夫の弥平さんが南部遠野《とおの》弁。

たね　この太吉センセは無弁《むべん》さね。二歳ンときにアメリカの黒船の中に捨て子にされちまってさ、そのまんまアメリカ行きよ。横浜へ帰《ケー》ってきたのが一昨年《おととし》の春、だからロスッポ喋《しゃべ》れねえ。ただし聞く方はどうやらいけるらしいから悪口は禁物だよ。この西洋の琴のお化けを弾く術《じゅつ》もアメリカ仕込みだそうだよ。

加津　それからおふみさんが羽州米沢《よねざわ》弁、そしてわたくしが江戸山ノ手言葉。

たね　あたしは江戸下町さ。下町言葉は一等歯切れがいいんだわ。

加津 （ぴしゃりと制して）とにかくこちらのお屋敷は日の本のお国の縮図のようなもの、さまざまなお国訛りが渦巻いておりますから、わからない言葉が出てまいりましたら、それを何度でも聞き返すなりして、粗相のないよう御用をつとめねばなりませぬよ。わかりましたかえ。

ちよ ときたま《タンマニ》。ところどころ《トコロマダラ》に分るトコあったわ。

加津 ……。

たね いいから早いとこ裏の井戸で顔を洗っといでな。

ふみ （身振りつき）ざんぶらざんぶら……。

ちよ そやな。

ちよがお勝手の土間へ退場するのと入れかわるように、上手廊下から修二郎が顔を出して、

修二郎 もしもしもし、旦那様が帰《ケ》ェアッて見え《ミャー》たゼァーモ。

すぐさま上手から庭に弥平（車夫のこしらえ）が飛び込んできて、

弥平　旦那様《サ》の帰《ケェ》ってござらしたヤ！

家族は上手廊下から、奉公人は庭伝いに正門へ出ようと動きだしたところへ、清之輔（洋服）が上手廊下から入ってくる。相当に興奮している。

清之輔　モドッタドー！

重左衛門　マッチョヨッタド（お帰り）。

光　オモドイナサイモンセ。

清之輔、上衣《うわぎ》の内隠しから辞令を抜き出し、神棚に示してから、

清之輔　本日、わたくしはノータ、田中不二麿閣下からこのような《コガイナ》辞令を頂戴《ちょうだい》したのでアリマスヨ。（読む）「学務局四等出仕／南郷清之輔／全国統一話言葉《ハナシコトバ》制定取調ヲ命ス／明治七年七月二十七日／文部少輔《しょうゆう》／田中不二麿」。

一同呆然《ぼうぜん》。清之輔、重左衛門に辞令を渡して、

清之輔　広いこの日の本の国の話し言葉をわたくしが平定することになりもうしたのでノータ。これは織田信長《おだのぶなが》公や太閤秀吉《たいこうひでよし》の天下統一とも肩を並べるほどの大事業でありますがノンタ、この大事業をわたくしは一カ月かそこらでみごとにやりとげてみせますでノー。そしたら《ヘータラ》、御上《オンジョ》に光、この清之輔をほめてくださらにゃイケンドヨ。広沢、記念写真を頼むよ《タノーダゼヤ》。辞令ともども写真にうつりたいでノンタ。

修二郎　えーそーかエモ。それじゃ支度を為《せ》よーかナモ。

修二郎は上手廊下へ退場。（すぐに機材を抱えて現われ、庭へおりて準備にかかる）。なおこのすぐあとぐらいの呼吸で、さっぱりと身仕舞いをしたちよが戻ってくる。

清之輔　ほー、酒盛の支度がすっかり《チューカイ》できとる、ノー。加津やん、御上とわたくしとに酒をつけチョクレ。奉公人にも酒をヤッチョクレ。光、お主《オンシ》も今日はうんと《オーラカニ》やるが良い《エー》がノー。……ドネーシタチューノカネ、今日は皆、あまりものをイワンナ。

重左衛門　清之輔、アタラシカ御役目はヨッポド結構《ケッコ》、たくさんよろしいよ《ゴロイトヨカド》。しかし《ソイドンカラ》、あの《アン》「小学唱歌集」はどうしたのだ《ドゲンシタトジャ》。

清之輔　あの唱歌集のことでありましたら心配することは《キモヤクコタア》アリマセンガノータ、田中閣下に提出したでアリマスヨ。

重左衛門　それで《ソイ》？

清之輔　（さすがに語気衰えて）閣下はノンタ、そのまま机《ターブル》の一番《イッチ》下の引出しに放って《ホーラカシテ》しまわれましたノー。

一同、がっかりしてしまう。

清之輔　閣下はこう言《コーユー》っとられたでノンタ、「小学校で唱歌を教えとうて仕方がない《ネエア》のだがネー、教師も楽器もない《ネエア》からドモナランノン」。

修二郎　（観客に）田中《タニヤカ》不二麿閣下は、わたしと同郷、名古屋《ニャゴニャー》の人《ジン》でナモ。

清之輔　そして《ソイテ》閣下はわたくしにこの辞令を下されながらこうも言《コーユー》うとられたでノンタ、「全国統一話し言葉をナモ、よろしゅーみつくろーて持ってきてチョー。すまんがよー、急いでいか」。

修二郎　（観客に）女中に料理言いつけるようなことおっしゃる《オッセル》ナモ。

重左衛門　オー、上役どんは《ワ》「すまんがよー」と、申されたのか《チュユタチュヤー》。

清之輔　はい《ハー》、たしかに「すまんがよー」と言う《ユー》とられたでノンタ。わたくしの苦労は閣下のこの一言《イチゲン》でむくわれたでアリマスヨ。

重左衛門　それもそうじゃ《ホンノコッジャ》。よいよい《ヨカヨカ》、これ《コイ》からは新しい《アタラシカ》御役目に励むがよい《ハゲーンガヨカ》。

清之輔　はい《ハー》。

重左衛門　婿《むこ》どん、薩摩の《ン》南郷家の《ン》為に《タメツ》死にもの狂いにつき進め《チエスト・イケ》！

清之輔　はい《ハー》。

光　御苦労様でございます《オヤットーサーデゴザイモス》。

清之輔　うむ《ムー》。

重左衛門　これはなんでもかでも祝わねばならんぞ《コイワナンデンカンデンユワワニャナラン》。光、酒ジャ！　加津どん、盃《チョツ》ジャ！　みんなも祝宴《コノッサーモアッサーモユエンザ》ジャ！

加津の目配せで全員が動き出す。すなわち、茶ノ間には清之輔を真ン中に、（向って）右に重左衛門、左に光が坐《すわ》り、酒の酌はふみ。板ノ間には加津、太吉、修二郎、弥平、たね、ふみの順に坐り、酒の酌はふみ。ただし、加津は初中終《しょっちゅう》動き回って気働きをきかせ、修二郎は庭で依然として写真の準備、そしてたねは燗番《かんばん》を兼ねているので膳《ぜん》の前に落着くことはなかなかできない。

清之輔　……エー、それでは《ヘータラ》何故《ナシテ》、全国統一話し言葉チューものをお上《かみ》は必要としとられるのか、道《みち》みち考えてきチョッタことを言う《ユー》ならば、まず、兵隊に全国統一話し言葉が要るのジャ。たとえば、薩摩出《で》の隊長《テーチョー》やんがそこにおる弥平の様《ヨー》な南部遠野出《で》の兵隊に号令ば掛けて居《お》るところを考えてミチョクレンカ。いま《インマ》、隊長やんが薩摩のお国訛り《くになま》で「トッツギッ（突撃）！」と号令した。弥平、何のことか分ったかの？

弥平　（堂々と）私は《オラハーワ》分りません《ガンマヘン》。

ちよ　あてにもサッパリや。

清之輔　「突撃！」チュー言葉じゃった。「前イ進メ、敵をやっつけろ」チュー意味ジャッタ。

弥平　わかりました《ガッテンデガンス》。

ちよ　むちゃくちゃな訛りやないけ。

このあたりの会話《やりとり》で重左衛門はすこし不快になってきている。

清之輔　今度は弥平が隊長ジャとして、何か号令ばかけてミチョクレ。

弥平　ナンボスタッテ、私が《オラガ》隊長だなんて《ナジョテ》。私はそんな《オラハーソゲナ》器では《ウツワデア》ありません《ガンマヘン》。私は《オラハー》兵隊向き《ムギ》で……。

清之輔　たとえ話をシチョルンジャ。早急《ソッキュー》にせんか。

弥平　……ンダラバ御免蒙って《ゴメンコームッテ》、「喰い方《ケーガタ》、始《ファンズ》メ！」。

と刺身に箸《はし》をつける。

加津　弥平さん、箸をお置きあそばし。旦那様のお話はまだ終ってはおりませぬよ。

ふみ　あのー、おらも北の方《ホー》の出《で》だもんで見当《ケントー》つえだんだげんとも、今のは《イマナー》「喰ってもエー」言う《ジュ》号令だったべな。

加津　「クッテモエー」？

ふみ　んだどんだ。

加津　「たべてもよろしい」ということ？

ふみ　んだごんだ。

加津　厚かましい号令でございますこと。

清之輔　（大いに頷いて）弥平の号令は奥羽《おうう》から《カイ》来た者《モン》にゃ分ったが、東京から《カイ》南の者《モン》にゃ全然《デンデン》分らん。ここジャ、ここジャ、全国統一話し言葉がなく《ノー》てはドネーモナランチューのはじつにここでアリマスヨ。アー、東京から《カイ》南の者《モン》も御馳走《ゴッソーイ》へ箸イつけてもヨカロー。（自分も刺身にひと箸つけて）ソゲーわけジャカラ、全国統一話し言葉がなく《ノー》ては、兵隊やんは突撃ひとつできんチューことになる。この日の本の国に全国統一話し言葉がなく《ノー》ては軍隊が、それから《ヘテカラ》御国《おくに》がひとつにまとまらんチューわけでアリマスヨ。全国統一話し言葉こそホントニ御国の土台石《ドデーイシ》ジャ。つまり《ケッチャク》この南郷清之輔がこの御国の土台《ドデー》を築くチューことになる。わしに課せられた責任は大層《ヨッポド》重い。しかし《ヘーデモ》わしはこの大任を美事《ウックシュー》に果してみせようと思ッチョル……。

ちよ　旦那はん、その意気や。うんと気張りいや。

清之輔　はい《ハー》、ありがとう《ゴネンノイリマシタ》。

ちよ　そない便利の良い《エー》言葉がでけたら、あてらドンダケ助かりヨルカわからへんど。

清之輔　……成程《イカニモ》。

日本全国六十余州、どこでなりとカダラひとつで商売できるようなるわ。

ちよ　ほいでに旦那はんはどない筋道でアチコチの言葉をひとつにスンネ？
清之輔　それはつまり《ケッチャク》……（その点については全然考えていないのである）一口には言われんが、えーとノンタ、極言すればノータ……。
加津　ちよさん、出すぎた振舞いはおよしあそばし。それに旦那様は今日、辞令をいただかれたばかりなのですよ。只今《ただいま》の遠大な御抱負で、初日は充分でございましょう。
ちよ　さよか。
修二郎　（観客に）いっそ英語を全国統一話し言葉にしたらドーデァーモ。
清之輔　広沢、ひとりでなにブツブツ言う《ユー》とるんジャ。
修二郎　へイ、英語を全国統一話し言葉になさったら良い《エー》と思いやしたんですがナモ。
清之輔　英語？
修二郎　なんでしたら仏蘭西《フランス》語でも良い《エー》ではない《ネエァ》キャーモ。
清之輔　それはイカンゾヨ、広沢。それは暴論ジャ。
修二郎　しかしですよ《ケドガヨー》、わたしは《ワシャー》、御隠居様の薩摩訛りや弥平さんの遠野訛りより英語や仏蘭西語の方がガイにやさしいと思う《オモー》とるデァーモ。たとえばナモ、薩摩訛りが全国統一話し言葉になりやしたら往生《オージョー》しャースガナモ。難しくて《ムッカシューテ》ドモナラン。それならいっそ英語や仏蘭西語の方がエーデァモ……。
太吉　（突然立って）アイ・キャン・スピーク・イングリッシュ。
修二郎　（受けて）イエス、アイ《エァー》・アム・ア・ボーイ《ボオエー》。
太吉　ノー！　ボーイ。
修二郎　（慎重に）ボオエー……。
太吉　（きびしく訂正）ボーイ！
修二郎　（より慎重に）ボ……エア……。
加津　お二人ともお静かに。
修二郎　（観客に）英語にまでお国訛りが伝染《うつ》ってしもてるがネー。
清之輔　ノータ広沢、わしにも薩摩訛りや遠野訛りを全国統一話し言葉の土台《ドデー》に据《せー》えるつもりはありゃせんがノー。だから《ジャケー》心配することはナイワーヤ。
修二郎　そらオーキニ。
清之輔　とりわけ薩摩訛りはノンタ、はげしく《イカック》難しくて《ムズカシューテ》……。
重左衛門が盃《さかずき》を手にしたままぶるぶる震えている。

清之輔　（機嫌をとって）あんな難しい《アネーナムズカシー》お国訛りを操るところを《テダマニトルトコロヲ》みると、薩摩隼人《はやと》チューのはよほど《イッポド》頭が良い《エー》に決まッチョル。

トこれも震えながら酌をしようとするが、重左衛門は爆発、盃を叩《たた》きつけ、

重左衛門　お前《オマヤ》は薩摩言葉を邪魔《ジャマゲ》にシチョットジャ！

清之輔　邪魔になぞしちょりませんがノー。ただ薩摩訛りは難しすぎやせんかと噂《うわさ》しちょっただけでノンタ……。

重左衛門　ムッカシカナカ！　鹿児島では《カゴツマデン》、（背丈の小さいことを身振りで表わしながら）こんな《コゲン》チンコマンカ（小さな、の意）子供で《コドンデ》さえ《セガ》薩摩言葉を使っている《ツケッチョッド》ぞ。

清之輔　アノー、御言葉ではありますがノンタ……。

重左衛門　黙ランカ！　お前《オマヤ》は薩摩を侮っておる《アナッーチョッド》ぞ。……離縁《ジエン》ジャ！

清之輔　離縁？

重左衛門　ソイジャガ。

清之輔　御上《オンジョ》、それを言う《ユー》たら何《ナ》も彼《カ》も御仕舞《コレギリ》でアリマスガノ。

睨《にら》み合う舅《しゅうと》と婿《むこ》。光、その間に入って、

光　二人とも《フタイトモ》、どうして《ナイゴテ》、仲よく《ナカヨウ》、できないのでしょうか《デキントジャロカイナー》。……どうして《ナイゴテ》二人とも《フタイトモ》……。

加津、太吉をピアノの前へ引き立てて、

加津　太吉さん、御隠居様の御機嫌をお直しもうすにはあれしかございませんよ。

たね　そうさ、太吉どん、例のやつをおやりな。ほらさ、「岡蒸気《おかじょうき》」って唱歌だよ。

「岡蒸気」！

ふみ　ちゃっちゃど（はやく）やれてば。

頷《うなず》いて太吉が弾き出したのは、後年、「線路はつづくよ、どこまでも」という歌詞で有名になるはずの米国のワークソング。光、加津、ふみの三人が歌い、弥平とたねは重左衛門と清之輔とを乗せようとして動く。リフレンは全員。ちよも見よう見まねでリフレンを歌う。

色はクロガネ　岡蒸気
今　新橋駅を　発《た》ちませり
めざすははるけき　港横浜の
アカキ煉瓦《れんが》の　ステーション
シュッシュシュッシュポ
シュッシュシュッシュポ
シュッシュシュッシュポポシュポポ
シュッシュシュッシュポ
シュッシュシュッシュポ
シュッシュシュッシュポポ

リフレンで重左衛門の渋面、すっかりほどけて、二番は清之輔と一緒に、

アオキ海原《うなばら》　左手に
ミドリの野山をば　右に見て

はきだす煙は　富士の白妙《しろたえ》の
雪よりもシロク　流れたり
シュッシュシュッシュポ
シュッシュシュッシュポ
…………

リフレンは全員。この歌をうたうときの重左衛門はじつにうれしそうである。よほどこの歌が好きなのだろう。修二郎の方の支度も整ったようで、

修二郎　皆さん、良《エー》いお顔《キャオ》をしておいでだナモ。そのお顔のまま縁先に並んでオクレヤースバセ。そうそう《ソーソー》、はいはい《ヘイヘイ》……。そいジャーナモ、レンズの蓋《ふた》、取りやすゾエーモ！（蓋を取って）ワン、チー、スリー、ホー、フェアブ、シックス……。

上手廊下から、自分の家にでもいるようなじつに気易《きやす》い態度で姿を現わした男がある。だれかの膳《ぜん》から銚子《ちょうし》と盃とを取ると勝手にぐびぐびやる。頭を抱える修二郎。それを見てざわつく一同。

修二郎 動《イノ》いてはいやでギャーモ！　何が起っても動《イノ》かんでチョーデァースバセ！

背後が気になってますますざわつく一同。男は銚子と盃とを持ったまま庭におりてくる。ところでこの男は裏辻芝亭《うらつじしばてい》公民という公家《くげ》。

公民 （見て、清之輔に）アンタサンが南郷清之輔はんドスナ。

清之輔 （思わず頷く）……。

公民 ゴキゲンヨー。

清之輔 は、はあ……。

公民 ほかのみなさんもゴキゲンサン。

一同も仕方なく頷き返し、たがいに私語を交し合う。修二郎、地団駄ふんで、

修二郎 またコトソンジの写真ができてしま《マ》う《ゥ》がネー！

レンズに蓋をすると修二郎は脚ごと写真機を横抱きにして上手へ走り込む。公民は縁側に腰を据えて、

公民　しゃーけど、清之輔はん、アンタ、エライ仕事をお引き受けにならしゃりましたな。歴史に名《ナー》が残りますわ。古来から言語を改めることは大事業どして、これまで成功したんは二つしかおへん。一つは秦《しん》の始皇帝の漢字改革、もう一つが仏蘭西革命による仏蘭西語改革ドス。そうだから《ソヤシ》、アンタサンが世界の歴史上三番目の成功者ユーコトにならはるわけや。オキバリヤッシャ。

清之輔　何者でアリマスカ。

公民　裏辻芝亭《ウラツジシバテイ》います。

清之輔　……姓が裏辻で、名が芝亭でアリマスナ。

公民　ウウン、裏辻芝亭と一ト息に言《ユ》って、それが姓ドスネン。名は公民《キンタミ》ドス。

清之輔　大分《ダイブン》変ッチョロルでアリマスナ。

公民　ホンニ。公家の名には判じ物《モン》が多いサカイ、面倒くさい《オトマシイ》ことでオス。

清之輔　公家……?!

聞き耳を立てていた一同も仰天。

公民 （にわかにシャンとして）裏辻芝亭家は代々、国学者を輩出しておりますけど。この公民も国学を修めましたサカイニ、アンタサンの国学教授のお役目ぐらいはつとまりますヤロ。じつはな、新政府のオエライサンの中に昔の遊び友だちがギョーサンおりましてな、そのうちの一人からアンタサンに言語改革の大命の下ったことを聞きましたんドッセ。それで《ホイデニ》、ここへ……（突然、ちよに）ネーサン、酒《ササ》や。

ちよ、ふみを見る。ふみ、たねを見る。たね、加津を見る。加津、光を見る。光、清之輔を見る。清之輔、一座を見回し、大きく頷いて、

清之輔 酒ジャ、刺身ジャ。

公民 ホテカラ、お泊りの支度や。

清之輔 アノー……。

公民 アンタサンには国学教授が要りはるねん。

清之輔 ……成程《イカニモ》。それじゃー、全国統一話し言葉チューのはどんなもの《ドナイナモン》でアリマシ

公民　ヨウカノー。

清之輔　（ドキッ）……。

公民　お聞かせいただいた事柄《コトガラ》を本日中にまとめて、明日《アヒタ》の朝一番に文部省上層部へ提出したいと思いついたでありますがノンタ。

清之輔　アンナーヘー（あのですね）、お国訛《なま》りのことを、別に国詞《クニコトバ》とも申しますナ。へテカラ、里詞《サトコトバ》とも、田舎詞《イナカコトバ》とも、地詞《ジコトバ》とも、また訛り声とも申しますナ。

公民　（全身を耳にして）イカニモイカニモ。

清之輔　何故《ナンデ》このように《コナイニ》ギョーサン呼び方がオマスノヤロ。

公民　何故《ナヒテ》でありましょうかノ。

清之輔　答はこうドス。「それだけ話がややこしいンや」と。

公民　（ほとんどずっこけて）答にも何《ナン》もなっとりませんがノータ。

清之輔　いえいえ《ナカナカ》。役所のお偉《エライ》い衆《シユ》に、いま、わてがユータことユーテミナハイナ。皆はん、「ほー、南郷君はなかなかよく《ヨー》勉強しておるわい」と感心してくれますサカイ。

清之輔　そうでアリマスカノー。

公民　とにかく《ナンシカ》、全国統一話し言葉の制定は国家の大事業ドス。ソナイナ大仕事が一日やそこいらのチョンノマに出来るもんだっしゃろか。功を焦《あせ》ってはアカンエ。

清之輔　はあ……。

公民　そうドスナ、まず、お国訛りの実態を観察なはるのがフカイタイセツやオヘンカ。

清之輔　観察、でアリマスカ。

公民　へー。観察を通してそれぞれのお国訛りの正体を究めるのドス。ホタラ、お国訛りをドナイに改良したらええのか、全国統一話し言葉がドナイであればええのか、いゝいゝソンナラコトが自然《ヒトリデ》に見えてくるのやオヘンか。

清之輔　イカニモ！（膝《ひざ》を打ち、大きく頷いて）観察とは《タア》、コリャー貴重な御指示でアリマシタ。

このとき上手廊下から濡《ぬ》れた印画紙をつまむようにして持った修二郎が飛び込んでくる。

修二郎　今度も途中で妨害《ボーゲエア》が入ったでネー、奇々《キキ》怪々《ケエアケエア》な写真になったデァーモ！

清之輔　（きっと見て）尾張《おわり》名古屋の出身者は、「ボーガイ」「キキカイカイ」などの語に含まれる「アイ」という音を「エア〜〜」と発音するくせがある。

修二郎　わたしの言葉使い《ヅケエア》がどうかしたんでギャーモ？

清之輔　またヤッチョル！　「ことばづかい」が「ことばヅケエア〜〜」とナッチョル！

修二郎　（観客に）これがご主人のお国訛り観察の第一号《デエアイチゴー》でやしたナモ。

とん！　と暗くなる。スクリーンに修二郎のいう「奇々怪々な写真」が投写される。

3　会津《あいづ》の虎三郎《とらさぶろう》が押し入った夜

「2」から五日ほどたった夜ふけ。茶ノ間上手《かみて》寄りの襖《ふすま》が開《あ》いていて、洋燈《ランプ》の灯《あかり》が洩《も》れている。清之輔が一所懸命に書きものをしているのが見える。清之輔の座敷にも茶ノ間にも蚊《か》やり器から立ちのぼる細煙。

太吉が、静かに、じつに静かにピアノを弾いている。曲は、後に「月なきみ空に、きらめく光」（『星あかり』楽譜巻末）という歌詞で広くうたわれることになる讃美歌《さんびか》。清之輔が編んだ唱歌集にはこのように後に大いに流行するものが多く採られており、彼の感覚のよさには舌を巻くほかない。

すぐに女中部屋に行燈《あんどん》がともり、ふみ、ちよ、たね、加津が起きてくる。以下、おさえた声で、

加津　太吉さん、およしあそばし。

ふみ　静かになさい《スンズガニスンベ》。

たね　せっかくお銭《アシ》を拾う夢を見てたところだってのにさ。

ちよ　夜《ヨル》の夜ふけにナンチュウヤッチャ。どつきのめしたろか。

茶ノ間正面下手寄りの襖も開いて、光も顔を出し、

光　太吉《タキッ》ドン、ドゲンシタトナー？

夏の夜ふけの浴衣《ゆかた》姿の女たち、なんとなくなまめいて粋《いき》な光景。と、清之輔が這《は》い出《で》てきて、

清之輔　太吉に罪はネーでノータ。小学唱歌集を一番から十番まで順に弾いチョクレと言《イー》いつけたのはこのわしでありますよ。じつはノンタ、わしは《ワシャー》ついに五日目にして答を得たのジャ。

光　答《コテツ》……？

清之輔　全国統一話し言葉はドガーしたらできるかチュー難問に、只今《ただいま》、答を得たのでアリマスヨ。

光、胸を抱くようにしてよろこぶ。加津たちも顔を見合せてよろこぶ。

清之輔　その答をいま文章にしちょるんジャガ、自分で編んだ唱歌集を聞きながら筆を運ぶと、何チューカ、いい《エー》文章が書けそう《ソー》な気がしちょってノー。すこし《チビット》やかましーかもしれんがこらえてくれんさい。

清之輔、自室の文机の前に戻る。太吉、はじめからまた弾き直す。女たち、頷《うなず》き合って、

空の彼方《かなた》より燦《きら》めく光
天路《あまじ》を駆け来て今光るらむ
この星あかりを導きとして
明日《あした》もわれらは正しく生きん

光、加津、ふみによるおさえた歌い方。ちよもすでに何度か歌ったことがあるらしく、トコロマダラではあるが歌に参加する。たねは光や加津を団扇《うちわ》であおいでやったりしている。清之輔はときおり筆の穂先を歌に合せて振ったりしながらなにかを書き進めている。

天《あま》の河原よりとどきし光
年月かさねて今光るらむ

この星あかりを頼りの杖《つえ》に
明日もわれらは気強く生きん

二番のおわるころに上手から五合徳利《どっくり》をさげた公民が登場。自室の前をそーっと通る公民に清之輔が気付いて、

清之輔　公民どの……。

公民　(びくっとして) へー、どうもこの寝酒をごくわずか《マメクソホド》いただこう思いましてナ……。

たね　公民センセの「マメクソホド」は五合《ゴンゴ》のことだろ。センセの「チョピット」は一升のことだわさ。

公民　キツイコトイワハル……。

たね、徳利を引ったくるように取ってお勝手に酒を入れに行く。

清之輔　公民どの、あなたの御助言に従うて《シタゴーテ》、わし《ワシャー》はこの五日間《イッカノアイダ》、家の者どものお国《くに》

訛《なま》りを観察したのでアリマシタ。(公民の手をとって坐《すわ》らせて) そしてわしは《ヘータラワシャー》答を得た。カタジケナイ。

公民　お役に立ててわてもうれしゅーオスワ。ボーッとして酒《ササ》モロとるだけではただの居候《いそうろう》ユーことになりますサカイ……。

清之輔　居候ジャなどと飛んでもない《オモイモセヌ》。あなたはわしの大事な家庭教授でノンタ。

公民　オーキニ。それで《ホイデニ》その答ユーのを詳しく《クワシュー》聞きとうオスナー。祝杯をあげながら聞かせトクレヤシマヘンカ。

　女たち、てきぱき動き出す。洋燈に行燈。酒肴《しゅこう》の用意。蚊やりのつぎ足し。こういった動きをしながらの一寸《ちょっと》した身づくろい。やがて重左衛門や修二郎、それから弥平も起きてくる。

清之輔　さて《ハテ》、観察によって判明したのは各人が自分の勝手次第に声を発しチョルチユーことであります。とくに奥羽《おうう》地方の出身者にこの傾向がいちじるしいのでアリマスヨ。

公民　ホーホー。

清之輔　どこのお国訛りも五個の母音を持ッチョリマス。
公民　ア、イ、ウ、エ、オ。この五つでオマスナ。
清之輔　(頷いて) ところで奥羽の人は「イ」と「エ」とを同じ音と思ッチョル。

そこへふみが膳《ぜん》を運んでくる。

清之輔　(思いついて) ふみやん、「隠《イン》居が井《イ》戸へ行《イ》く」と言《ユー》うてクレサンセー。
ふみ　……「エンキョがエドさエグ」。
清之輔　御苦労様《ゴタイギサマ》ジャッタ。
ふみ　へー(首を傾《かし》げてお勝手へ去る)。
清之輔　お聞きになったでアリマスカ、公民どの。奥羽人は「イ」の音を「エ」と言《ユ》うてしまう《ー》癖《ヘキ》があっちょってでアリマスヨ。したがって奥羽人には母音が四個しか存在しちょらん。すなわち、**ア**と**ウ**と**オ**。それに「イ」と「エ」とがごっちゃになったものが一個で、都合、四個でアリマスナ。
公民　鋭い観察眼ドス。ホンニ鋭いナ。
清之輔　これが子音となると、さらに一層《ヨッポド》大変ジャ。たとえば、弥平が（長屋から）やってきて主人にお辞儀をする。

清之輔　弥平やん、「十五夜と人力車」と言《ユー》うてくれサンセー。

弥平　……「ズーゴヤどズンリキシャ」ど言《ユ》えてか？

清之輔　ゴタイギ、ゴタイギ。

弥平　ハー？

清之輔　そのへんで酒でもヤッテテクレンサイ。

弥平　へー。

清之輔　お聞きやしたように奥羽人は、十五夜の「ジュ」ちゅー音《おん》も、人力車の「ジ」ちゅー音も、「ズ」ちゅー音一個で間に合わせちょるのでアリマスナ。

公民　オトロシイほどの怠け者《モン》ドスナ。

清之輔　またたとえば、奥羽人は鼻にかかった音を良《ヨー》く出しますな。

ふたたびふみが酒の肴《さかな》をなにか持ってくる。

清之輔　ふみやん、「窓」と言うてくれんさい。
ふみ　「マンド」。
清之輔　「真魚板《マナイタ》」は？
ふみ　「マンナエダ」。
清之輔　ゴタイギジャッタ。
ふみ　へー。
清之輔　マンド、マンナエダと鼻にかかっちょりましたノー。わしは、これらはすべて北国の寒さのせいではナーキャと睨《にら》ンどるでアリマスヨ。
公民　とイヤハリマスト……？
清之輔　寒さのせいで奥羽人は口を動かすのが大儀なのでアリマショーナ。そこで五個あるべき母音を四個でごまかすのでノンタ。ジュとジとズの三個の音をズの音一個で間に合わせてしまうわけでアリマスナ。
公民　口を開けたらツベタイさかい、鼻から声出してズルするんドスナ。
清之輔　はい《ハーイ》。そこでわしの結論は、
このあたりまでに全員が揃《そろ》う。

清之輔　皆の者《モン》もヨー聞いとってほしいんジャガ、「全国の人びとが赤ン坊《アカゴ》のごとく素直にアイウエオを発音すりゃーお国訛りなど自然《ジネン》に消滅する」と、これがわしの結論ジャ。また、こうも思ッチョル。「全国の人びとがカキクケコ以下の子音を、ハッキリと正しく《タダシュー》発音するなら、お国訛りなど直《ず》くにも無く《ノー》なってしまうジャロー」とな。つまり《ケッチャク》お国訛りちゅー代物《しろもの》はマチゴータ発音に由来する鬼ッ子のようなモンではアリャースマイカ。

公民　マア、ドエライ理屈をお考えにナラハリマシタナー。アンタサン、国学者や。イヤ、それ以上や。明治の本居宣長《もとおりのりなが》センセや。

重左衛門　頭《ピンタ》がヨカド、婿《むこ》ドン。光、オテスサアに酌をセ。

光　ハイ。まあ《マ》、ご苦労さま《オヤットサーデオサイジャンソ》。

清之輔　ウム（と一気にのむ）。

光　アタイにも盃《チョッ》をくださいね《タモンセ》。

清之輔　ウム。

光と清之輔は差しつ差されつする。

重左衛門、公民の前に進み出て、酒をすすめながら、

重左衛門　公民ドン、本当に《ホンノコテ》御苦労様《オヤットサー》デゴワシタ。

公民　ヘー、オーキニ。

重左衛門　して《ソシテ》、明日《アシタン》の朝は何時《なんじ》頃《ごろ》のお発《た》ちでゴワスカ。

公民　へ？

重左衛門　清之輔は御役目をデカシタッ。チューコツワ、オマンサーの御役目も済んだ筈《はず》でゴアンソ？　オマンサーとサイナラ、じつに《ガッツィ》悲しい《カナヒカ》（トにやり）。

公民　（小声）コンジョワル……。

ト公民、舌打ちしながら縁先へ。

公民　スカンタコ。（ト目がぴかっと光って）実験ドスガナ、実験！

一同、その大声に仰天。

公民　清之輔はんは、「正しく発音すりゃー《タダシュー》お国訛りなど自然に消滅する」とこないに言わはった。それやったら、その御説《おせつ》をここにいやはる皆さんで実地にたしかめられたらエエ。皆さんに正しい発音の仕方を教えられたらエエノヤ。ホイデニ皆さんのお国訛りが直ったところで、それを証拠に添えて御説をお上に提出なさったらヨロシ。

清之輔　イカニモ。

公民　それやったらお上もおよろこびにならはる。

清之輔　さすがはわしの家庭教授でノンタ。

公民　(重左衛門を見やって) オーキニ。

清之輔　それで、その正しい発音の仕方ジャガ、どんな《ドナイナ》方法がアリマショーカノー。

公民　ソードスナー……。

ト重左衛門を見る。重左衛門、しぶしぶ頭を下げる。公民、にやり。

公民　弥平《ヘータラ》はん、ちょっと立ってンか。お立ちィナ。

弥平　ヘエ……。

公民　アイウエオ。お言いナハイ。

弥平　ヘエ。アイ《い》《ウ》ウ《イ》エ《い》オ。

公民　全体にボーッとした音ドスナ。弥平はん、わてのをヨーミトーミ。（両手で自分の歯を上下にぐっと開いて）アー。（口の両端を両方の人指し指でぐいとひっぱって）イー。（口を突き出して）ウー。（これも大ゲサな口形で）エー。（同じく）オー。ホナ、弥平はん、アンタもシトーミ。

弥平　（公民がやったようにして）アー。イー。ウー。エー。オー。

公民　（清之輔に）ちょっとハッキリしてきたのやオヘンカ。

清之輔　ウム、エーアンバイな音ジャッタ。ヘータラ、皆でやってみようかノー。エーカ……？

皆がそれぞれ両手で自分の歯を上下にぐっと開いたとき、

ふみ　キャーッ！

清之輔　ふみやん、「アイウエオ」がどうすりゃ「キャーッ」になるチューンジャ。

チート大袈裟《オーギョー》ジャノー。

ふみ、お勝手土間正面の、造りつけの大戸棚を指して、

ふみ　この中《コンナガ》さ誰かいる《ダレダガエンソ》。ごそごそと《ゴダワダテ》音コ《オド》した《スタ》ジョオン！

たね　ぐずぐず言ってる間《ま》に開《あ》けてごらんな。

ふみ　おら、怖いもの《オッカネモノ》。

ちよ　なにホタエとるンヤ。あてがケッチャクつけたろやないけ。

ト勢いよく開ける。下段に飯櫃《めしびつ》を抱いた男がかくれていた。この男は若林《わかばやし》虎三郎。虎三郎、ニーッと笑い、ヌーッと出てくる。口許《くちもと》に飯粒。

虎三郎　命コ《エノヂ》、惜しければ《エダマシケレバ》、じっとしていろ《キットシテロ》。

ちよ、ふみ、たねの三人、「ワーッ」と茶ノ間へ這《は》って逃げる。加津はキッとなって全員を庇《かば》う気組み。加津と共に最前衛になってしまった弥平、

弥平　何ですか《ナンダマスカ》？……手前《オデメエー》、顎の辺に御飯粒つけて《オドゲエノアダリサオマンマツブハッツケデ》、何の用だ《ナンノヨッコデガ》？
虎三郎　やかましい《ヤッカシイ》！　貴様《ニッシャ》、何《ナニ》、ヘラヘラ喋々しているんだ《ヘラッエデエンノガ》。
弥平　ヘラヘラへ……？　（清之輔の方を振り返って）何のことやら判りません《ナンダカンダカワガンマヘン》。
虎三郎　やい。（懐中から出刃庖丁《でばぼうちょう》を抜いて）俺は《オレア》、洒落ッ子《シャレコ》ぶって、こういう出刃を持《コーリューホイジヨバタ》っているのでは《ガエデルノデワ》ネーゾイ。
弥平　（さすがに理解して）オスコミ……。

以下、北から南へ方言地図風に、

ふみ　ヌスビド……。
加津　トーゾク……。
たね　ヌスット……。
修二郎　ヌスト……。
公民　ヌスットサン……。
ちよ　オドリコミ……。

清之輔　ヌヒト……。

重左衛門　ヌスゾ……。

光　ゴオトとも言います《ユモス》……。

太吉　……ギャング。

虎三郎、太吉の言葉にちょっと首をひねるが、

虎三郎　……俺《オレガ》が何者ダガ、ヤットコスットコ分《ワガ》ったヨーだな。聞けばここは《ココンドゴワ》、余程《アラグ》、偉い《エレー》官員様の屋敷ツーナ。ソジャラバ銭《ジエネ》コがネーどはユワセネゾ。俺《オレア》はジェネコ要る《エッガ》。ジェネコ、ケロ。ジェネコ、呉れないか《クンニエーガ》。ジェネコ在る所に《アットコサツ》連れて行け《エデエゲ》。

弥平　アンマリ奇妙な《ヒヨンタ》訛《なま》りで、オレア少しも《ワンツカモ》判らない《ワガンネ》。

虎三郎　貴様《ニッシャ》、誰《ダン》ジャ？

弥平　アー？

虎三郎　エー、マー、あっちゃ行《エ》げ。もう少し《エマット》話の判《ワガ》る男《ヤレ》は居《エ》ネノガ。

弥平　アー？

虎三郎　ジェネコ、クンニェーガ言《ツ》ッテンノニ、このー、腹の立つ男《ゴセッパラヤゲルヤレ》だ。

弥平　ゆっくり《ユッサリ》喋ってみろ《カダッテミロ》。口《クヅ》ビラ、堂々と開《オッピラニア》ゲデ……、このように《コッタニ》オッピラニアゲデ……。アー。イー。ウー……。

虎三郎　ふざけんな《フダゲンナ》。不調法《ブヂョホ》こぐど命《メイ》を落す《オドス》ゾイ！

虎三郎は弥平の鼻の先に出刃を擬してグイグイ押し入って行き、

虎三郎　さー、ジェネコ、寄越せ《ヨコシェ》。俺に《ワレサ》ジェネコ与えよ《アッゲロ》。（むしろ悲鳴に近く）ジェネコだツーニ、判《ワガ》ンネガナ。

加津が前に出て、

加津　ジェネコとおっしゃいましたが、もしや（指で輪を拵《こしら》えて）このことではございませぬか。

虎三郎　ンだとも。

加津　でございましょうね。トーゾクが欲しがるものはなによりもまずこれですものね。

虎三郎　賢《カシケエ》いアネッチャ居《エ》で良《エ》ガッタ。（輪を拵えて）コレ、ケロヤ。
加津　（頷いて、輪を拵えて）これはさしあげます。それで、あなたはどちらの御出身でございましょうか。
虎三郎　ナンダイ……？
加津　お生れはどちら？
ふみ　……生《ンマレ》れ在所《ゼーショ》。
弥平　在郷《ゼーゴ》。
虎三郎　ン、エアアヅジャ。
加津　エアアヅ……？
清之輔　エア〜と妙な塩梅《あんばい》に音を引っぱッチョルところは、広沢、お主《オンシ》の訛りとヨー似チョルガノー。
修二郎　それじゃ尾張のどこかの出《デー》キャア〜モ？
虎三郎　尾張？　ふん、尾張なぞアカンベー《アカンペロリ》ジャ。

光が財布を差し出す。加津が財布に手を添えてやる。

光　十円《ジューエン》しか持っていないので《モッテオリモハンデ》……、少くて悪いけれど《スクノッセーワルーゴアンド》……。

加津　これでおだやかにお引き取りを。

　虎三郎、財布を引ったくるが、ふっと軽く推《お》し戴《いただ》いてお勝手の先の裏口へ。しかしまたもやふっと立ちどまり、

虎三郎　言《ユ》ットクガナ、俺は《オレア》尾張などでない《ネー》ゾイ。エエガ、俺は《オレア》エアアヅジャ。〽エアアヅバンデェサンワ、宝《タガラ》ノ、コリャ山ヨ——、の、あのエアアヅジャ。今後は《コンゴワ》、良い加減など言うもので《アデズッポユーモンデ》ネーゾ。

　ト叱《しか》りつけて退場。虎三郎の歌う「会津磐梯山《あいづばんだいさん》」がゆっくり遠ざかってゆく。

　〽笹《ささ》に黄金《こがね》が　エーマタ　なり下がる　チョイサーチョイサ……。

加津　そうでございましたか、会津のお人でございましたか。

清之輔　とにもかくにも怪我人《けがにん》が出なかったのはよいわい《エーワィヤ》。さて《サー》、今夜《コンニャ》はこれで寝《ネ》につくとしよう《ショー》。皆、ア、イ、ウ、エ、オ、カ、キ、ク、ケ、コの唇《くちびる》稽古《ゲーコ》を忘れんよ

うにしてくれんさい。

　奉公人たち頷いて後片付をはじめる。

重左衛門　清之輔、相手《エテ》は《ア》盗人《ヌスソ》ジャ。巡査《ジュンサイ》に届ける《トドクッ》がいい《トガヨカトヨ》。
清之輔　べつに構わんでしょう《シヨー》、被害は軽微《ケービ》ですから《カイ》。
重左衛門　婿ドンの人のよい《ヒトンヨカ》……。

　以下、おやすみなさい大会。

清之輔　（重左衛門はじめ全員に）オヨリマセ。
重左衛門　ヨクヤンセ。
光　ヤスンミヤンセ。
公民　オヤスミヤス。
修二郎　ギヨシナレ。
弥平　オヤスメェンセ。

太吉　グルナイト。

加津　オヤスミアソバシ。

たね　オヒケナサイアシ。

ちよ　ネクサルカ。

　ふみはちょうど大戸棚の戸をしめようとしていたのだが、

ふみ　ぎゃあ……！

　それぞれの自室におさまりかけた南郷家の人びとが驚いて引き返してくる。とくに光の部屋に入っていた清之輔と光は、しどけなき恰好《かつこう》。

ちよ　なんや、鼠《ねずみ》でも走り合いしてけつかったのけ。

ふみ　おらも最初《シヨデ》は鼠ッコ《チユチユツコ》だど思ったんだどもス、ここに《ココサ》こんなもの《コゲナモン》落ちて居《オヂデエ》だジョ。

　ふみが引っ張り出したのは紫色の帛紗《ふくさ》包み。

ちよ　ついさっきの《インマノサキ》オドリコミが落しくさったんやないんけ。

たね　ン、それはオーアリだね。

ふみ、ちよ、たねの手を経て、包みは加津の手に渡る。加津、清之輔を見る。清之輔、頷《うなず》く。そこで加津は包みをあける。

加津　書簡袋に、あ、お札でございますよ。しかも二十両、二十円もの大金……！

たね　そそっかしい《ソソクサシタ》ヌスットもいたものだね。十円盗《と》って二十円置き忘れていくような料簡《リヨーケン》じゃ商売《シヨーベエ》にも何もなりゃしないよ。

ちよ　ホンマや。こないなオドリコミなら毎晩きてもらおーやないけ。

加津　表書きは「青森県管轄《かんかつ》北郡第六大区第二小区若林常右衛門《つねえもん》様」とございます。裏は「若林虎三郎」とただ一行。封はしてございませんが。

清之輔　加津やん、中味を読んでくれんさい。

加津、頷いて中の巻紙を抜いて読みはじめる。

加津「一筆啓上奉《たてまつ》り候《そうろう》。私、虎三郎、六年前に御城《おしろ》より落ちのびて以来、会津若松の在《ざい》に引《ひ》き籠《こも》り晴耕雨読の毎日を過《す》ごし居《お》り候処《ところ》、この五月、会津人の魂の拠《よ》り所《どころ》とも申すべき鶴ケ城《つるがじょう》は、新政府の命により、天守閣をはじめ全城取りこわしと決まり申し候。鶴ケ城なき会津若松は、もはや会津若松とは申す間敷《まじく》、六月上旬、虎三郎は東京へ出て参り候。……

加津の文読む声に聞き入る一同。ひとり修二郎は庭先におりる。なお、公民はお勝手板ノ間の酒樽《さかだる》から枡《ます》で酒を汲《く》み上げて舐《な》めたりしていてもよい。

加津……さて、青森県斗南《となみ》の地へ御引き移り遊ばされ候伯父上はじめ御一同の皆様の御苦労の程は、風の噂《うわさ》に会津若松へも、またここ東京へも伝わり居《お》り候て、その噂によれば、斗南の地は前代未聞《みもん》の不毛の痩《や》せ地《ち》に候とか。また土地の人々とは、言葉まったく通ぜず難儀の段この上なしとも聞き及び居《お》り候。移住せし家中《かちゅう》には病死する者相継ぎ、残されし未亡人、あるいは子女の中には、『生活《くらし》の糧《かて》に身体《からだ》は売れど、魂までは売りませぬ』と忍び泣きしつつ土地の商人相手に妾《めかけ》商売を始める者多しと、これまた風の噂……」。お許しくださいまし。

加津、ついに涙声になり読めなくなってしまう。女たちが加津の背中をさすってやったりする。清之輔が加津のあとを引き受ける。口は大きく動いているが声は聞えない。

修二郎　（観客に）……弥平さは南部の遠野で馬方《うまかた》しやしておったけどがよー、嬶《カカ》ちゃんに逃げられたそうです《ソーデァ》。おたねさは早く御亭主《ゴテーサン》に死なれて、それからずーっと《ェット》吉原のマンマ炊《た》き。ふみさは羽州米沢の寺の娘で、出戻りだということです《コッテァ》。皆、とても《ゲーニ》気の毒《イトシー》でナモ。……けどがよー、中でもとくに《イッチ》イトシーのは加津さデァモ。御《ゴ》瓦解《ガケエア》の前《メエアー》は七百石の御旗本の奥様《ゴッサマ》。ところが御主人は上野のお山ィ彰義隊《しょうぎテエア》と共に立《た》て籠ラシテ行方不明《ユクカタシレズ》。その後《ノーチ》、流行病《はやりヤメエア》で坊っちゃま《ボンサマ》まで亡くならせて、昔の奉公人にだ《ア》まされて《ヤカサレテ》、身上《シンショー》をすべて全部《コッペリウックシュー》なくされたそうですよ《ソーデァナモ》。おまけに女中頭で来てミヤースト、ここは以前、自分がお住みアソビャーシタ御屋敷……。皮肉な巡り合せです《デァーモ》。（茶ノ間を見て）今《インマ》が昼なら、この場面を写真機で生《イ》キ写《ウッ》シにする《セル》んだがネー……。

清之輔の文読む声がふっと浮び上る。

清之輔「書簡袋に同封の金円《キンエン》は、斗南の地にて御苦労あそばさる家中の皆様へのささやかなる義捐金《ぎえんきん》にて、すべてわれらが仇敵《きゅうてき》なる薩摩《さつま》および長州出身の官員より強奪いたせし金円なれば、何の遠慮もある間敷候間《まじくそうろうあいだ》、伯父上の御裁量のままに、生活《くら》しの立ち行《ゆ》き難き家中へ御分配下さらばうれしく存じ奉り候。……

重左衛門、ふっと立って上手廊下へ入る。下手前面の井戸のあたりに人影。虎三郎である。

清之輔「……尚《なお》、虎三郎はこれからも精々金円強奪に励む所存に候《そうら》えば、何卒《なにとぞ》御機嫌よく送金をお待ちくだされ度《たく》、万が一、送金の途絶えたる時は、『虎三郎は捕われたか。いまごろは首斬《くびき》り役人に首を斬り落されてでもいるか』とお笑いくださるべく願い上げ奉り候。……」

虎三郎、自分の手紙に泣いているが、このとき、重左衛門、上手廊下から躍り出て半弓を「ひょう」と射る。

重左衛門 チェスト!

虎三郎、井戸の蓋《ふた》で矢を受けとめていた。重左衛門、腰を抜かしつつ、

重左衛門 美事《ミゴテ》……。

一同、茫《ぼう》としている中を、虎三郎、ヌーッと縁先へ上って、

虎三郎 俺の手紙ば返せ《カエシエ》。ジェネコも返してケロ。俺はそのためまた戻《マダ》ッテきたんだがらな。

清之輔 ま、ま、ま、坐りんさえ。

虎三郎 手紙とジェネコ、返《カエ》してケッカ。

清之輔 返しますから、坐りんさえ。……貴方《アンサマ》のその会津訛り、東京で通じますかノ

ー。

虎三郎　あんまり《アンマシ》通じないよう《ネーヨー》だ。コゲナヨーニゆっくり喋《ユルコグ》れば通じない《ネー》ゴドもない《ネーベ》が《ガ》、仕事の時は《ンドギャア》、俺は突然《グィラド》押し込むし、相手は突然《イギナリ》押し込まれるし、そごで話はコゴラケルもな。

清之輔　コゴラケル……？

虎三郎　モシャクレルもな。

清之輔　モシャ……？

虎三郎　モジャケルわげだな。

公民　（見かねて）ごちゃごちゃ？

ちよ　まぜこじゃ？

加津　（手真似《てまね》で「もつれる」と表わしつつ）こうなり遊ばす？

虎三郎　んだ。

加津　つまり、モツレル？

虎三郎　んだ。モツレル。東京さ出張《デハ》ってきてがら二度《ニンド》ばかり《バアリ》押し込んだゲンジモ、二度《ニンド》とも話は通じねがったな。三度目がこごの家《エ》だったな。ジェネコ盗ったナー、こごの家《エ》が最初《ハジマリ》よ。

清之輔 （手紙、お札、帛紗を手渡しつつ）しかし《ヘーデモ》、貴方《アンサマ》はここに二十円持っちょられますがのー。どこで手に入れなさったのかのー。

虎三郎 ……父《オトッツァ》の形見の印籠《いんろう》ど俺の刀ば上野《うえの》広小路《ひろこうじ》の古道具屋さ売って拵《コシヤエ》えだ。あ《ア》の時《ンドギャア》はナダミ（涙）出だ。

清之輔 （何度も頷いて）日本人は一人残らずお国訛りチュー厄介千万なものを背負《セオー》うて生きちょる。このお国訛りを早くなくさんと《ハヨーアッケナクセント》いつまでも不便至極でノータ。第一に、日本の御国《おくに》が立ち行かん。そこで（ト自然に背がのび、胸が反る）この南郷清之輔が一《いち》方法を案じましてノー、虎三郎やん、唇稽古《くちびるゲーコ》をシーサンセー。

虎三郎 クチビロゲェーゴ……？

清之輔 はい《ハー》。唇稽古でお国訛りが治りますでノンタ。

一同、両手の指を使って唇稽古をやってみせる。「アー。イー。ウー。エー。オー。カー。キー。クー……」。

虎三郎 （笑って）そんなこと《ソーダコト》面倒くさい《メンドオクセェー》。

清之輔 言葉チューものは人間《ニーゲン》が一生使い続けにゃならん大事な道具《ドーグ》でノンタ、そりや少しは面倒でも《チーターメンドーシカローガ》、時にゃ手間暇かけてピーカピーカに磨《みが》き上げるチューのも大切ジャノー。なによりもアンサマの会津訛りでは「仕事」がうまく行きませんから《カイ》、始末におえないで《テガツカンデ》ショーガ。

虎三郎　いやいや《エヤエヤ》、俺はたった今《エマシガタ》、面白い《オモシエー》ゴド、思い付い《オメーツエー》だンダモヤ。（膝《ひざ》を進めて）文語体ど言う《ユー》のがアッペァー。

清之輔　文語体？

公民　文章や記録などに使うやつドスナ。

虎三郎　ンだ。文語体は日本全国《ジエンコク》どこさでも通じる。な？

清之輔　そりゃ書き言葉ジャから《カイ》どこへでも通じよる。だからわしは《ジャケーワシャー》小学唱歌集の文句を文語体にしたのでアリマスヨ。しかし《ジャガ》今、ワタシ等《ら》が問題にしちょるのは話の言葉の全国統一ちゅうことでノンタ……。

虎三郎　（鋭く）書き《カギ》言葉ば話し言葉さ使っても良い《エー》でねーか。文句アッカイ！

清之輔　べつにない《ネー》がノー、ジャガ……。

虎三郎　俺は文語体の中の書簡体、使って仕事する《シル》。（出刃をサッと出して擬し）「前略」ど、官員の家《エ》さ押し込む訳《ワゲ》だな。

清之輔　イカニモ。

虎三郎　後《アド》はその時その時《ソンドギソンドギ》の気持《キモッス》次第《デー》で、たとえば《タジョエバ》「時下猛暑の候、酷熱堪え兼ね候処《そうろうところ》、貴殿には日々国家の為《ため》に御尽力なされ候段、感謝の至りに御座候」ど追従《ケエハク》の一つ二つ語《カダ》っても良《エー》いべ。

清之輔　それで「金を出せ」チューのはどのように《ドネーニ》……。

虎三郎　「さて、洵《まこと》に申し難《にく》き事に候えども唯今《ただいま》、金二十円拝借できまじくや。何卒事情御賢察下され御承諾の程、切願《せつがん》に候」。

清之輔　イカニモノー。

虎三郎　ジェネコ盗ったら、「早々頓首《とんしゅ》」ど言《ユ》ッテ、サッサド逃げる訳《ワゲ》だナ。ドーダ、書簡体なら通じッぺえ、ホーラミロ、降参《コーサン》したべ。

清之輔　（にっこり笑って）ジャガノー、何の《ナンノ》彼の《カンノ》言《ユー》うても、書き言葉が口から出る時《トキ》は《アー》、それはもう話し言葉に変っちょる。相手に、文字ではなくて《ノーテ》声で伝わるわけジャ。それならやはり声から訛《なま》りを取り除かねばならんのでアリマスヨ。

虎三郎　そうすると《ソーシット》、今《エマ》、書簡体で喋《しゃべ》った時《ドギ》も俺ァ訛って居《エ》ダガイ！

一同、一斉《いっせい》に、大きく頷く。虎三郎は小さくなって、

虎三郎　ヤッパシ……。

すばやく暗くなる。スクリーンに修二郎の撮った失敗写真。たとえば「南郷正門」。通行人が四、五人、写真機の前を通った痕跡《こんせき》が残っている。

第二幕

4 褌《ふんどし》の紛失が清之輔《せいのすけ》に方言学上の衝撃を与えた朝

「3」の翌朝。真夏の朝日のさしこむ縁先に向けて写真機を据えつけている修二郎（光線の関係で今回の写真機の位置は「1」「2」とは逆）。修二郎の作業を傍からおもしろそうに覗《のぞ》き込んでいる虎三郎《とらさぶろう》。二人とも、絶えず唇を大きく動かしている。例の「南郷《なんごう》式唇稽古《げいこ》」を実践しているのである。むろん声を発して稽古しているのだ。

ちょうど朝餉《あさげ》の終ったところで、たね、ふみ、ちよの三人が膳《ぜん》やお櫃《ひつ》をお勝手に下げている。太吉《たきち》は乾布でピアノを磨き立てている。

加津《かつ》と公民《きんたみ》は縁側にいる。加津はシルクハットの糸屑《いとくず》や塵《ちり》を丁寧につまみ、公民は半紙三枚ばかりをこよりで綴《と》じた書類（『南郷式唇稽古による全国統一話し言葉制定法』）に目を通している。

さらに後架に重左衛門《じゅうざえもん》がおり、井戸の傍では、車夫姿の弥平《やへい》が南郷家紋入りの饅頭笠《まんじゅうがさ》を濡《ぬ》れた布で拭《ふ》いてきれいにしている。

以上、各人各様の立居振舞いではあるが、公民を除く全員が口々に「アー。イー。ウー。エー。オー……」と熱心に稽古声《ごえ》を発しているところだけは共通している。

正面の襖《ふすま》がカラリと開き、清之輔が光《みつ》にフロックコート上衣を着せてもらいながら登場。唇稽古の声ぴたりと止《や》む。公民、書類を推《お》し戴《いただ》いてから清之輔に手渡して、

公民　いやー、えらいオキバリやしたなァ。一点の非の打ちどころもおへん。とくに表紙がよろしオマス。『南郷式唇稽古による全国統一話し言葉制定法』。堂々としてエナ。

清之輔　（じつにうれしそうに）田中不二麿《たなかふじまろ》閣下のおよろこびめさるお顔が目に見えるようでアリマスヨ。

光、加津から受け取ったシルクハットを清之輔に差し出して、

光　はい《へー》、お前様《オマンサアン》の帽子《ボシ》。

清之輔　ウム。このあとの問題はノンタ、皆のお国訛り《くになま》が南郷式唇稽古によっていつ直るかでアリマスヨ。わし《ワシャー》はこの実験の結果を一日でも早く《ハーク》田中閣下に御報告申し上げたいと思っちょる。皆、一所懸命《ヒッシモッシ》、稽古に励んでくれ《ツカサイ》。

光　オマンサー、仕事《シゴッワ》はゆっくりゆっくり《ユックイユックイ》おやりあそばせ《オヤッタモンセ》。なにはともあれ《ナイガシ》のんびりのんびり《ノンビイノンビイ》……。

清之輔　ウム、功を焦《あせ》ってはイカンノー。

光　はい《へー》、徐々に徐々に《ボッチボッチボッチボッチ》。

清之輔　ウム、チビットずつにノ。

光　はい《ヘー》、ゆるゆる《チンチン》と……。

清之輔　今朝《キヨーアサ》はお主《オンシ》に教《オセー》えられたノ。

光　（手拭《てぬぐい》をやさしく手渡して）ハイ、手拭《チヨノゲ》。

修二郎の準備も整って、

修二郎　そいじゃナモ、縁先に並んでオクレヤースバセ。

膝《ひざ》の上にシルクハットと例の大事な書類を（写るように立てて）のせた清之輔を中心に並びはじめる一同。重左衛門も後架から出てくる。

修二郎　旦那《だんな》様《さま》のお仕事が完成《デ》した記念のオメデテァー写真だでァ、大いに《ゲーニエー》良い顔《キャオー》をしてくだれんか。

重左衛門、いつもの自分の位置につきながら、

重左衛門　わしの《オイノ》褌《ツイダナ》、一枚《イツメ》足りない《タラン》が《ガー》。
加津　（ふみとちよを見て）洗濯物《せんたくもの》はあなたがたお二人の受持ちですよ。御隠居様のツイダナをどうなさいました。
ちよ　（ふみに）ツイダナて何け？
ふみ　えーとタスカ……、何だっけがな。
加津　ハダマキのことですよ。
たね　そうさ、シタオビさ。
公民　京都ではシタノモノどす。
清之輔　山口ではヘコじゃ。
虎三郎　会津ではヘコシど言《ユ》うもや。ンダゲンジョモこりゃ面白い《オモシエ》話だな。
修二郎　名古屋ではマワシだギャーモ。ケドガヨー、マワシの話は後《あと》マワシにしてチヨー……！
太吉　（例の泣き叫ぶような口調で）ゼントルマンズパンツ。
弥平　遠野ではフンドス。
ちよ　フンドス？　なんや、エッチュフンドシのことヤンカ。

ふみ　おらも思い《オモエ》出したジョ。御隠居様《ゴエンキョサ》の尻割金隠《ケツワリキンカクシ》しなら洗い《アレー》直したべな。（ちよに）な。

ちよ　（頷《うなず》いて）風に吹かれて溝《どぶ》に落ちさらしたのや。ほんで真ッ《マッ》黒け《クロケ》になってけつかったさかい……。

重左衛門　それならよい《ソンナコッナラヨカ》。

ちよ　すんまへんな。

ふみ　かにしておごやえ。

重左衛門　よかよか。

ト正面を向き、これで全員のポーズきまる。

修二郎　そいジャ、レンズの蓋《ふた》、取りやすゾェーモ。（蓋を取って）一《ワン》、二《チー》、三《スリー》、四《ホー》、五《フェアブ》……（観客にニッコリする）……。

虎三郎　（口だけ動かして）清之輔さ、役所のお偉方《オエラガタ》さ、先刻《サッキナノ》の書類、出したりしてはワガンネゾイ。

修二郎、左手で拝み、右の人さし指を唇に当てがって「シーッ」と制するが、

清之輔 (口のみ動かし) 何故《ナシテ》ジャ。

虎三郎 (同じく) 清之輔さの御《オ》説《セツ》は破産し《ス》た。

清之輔 (同じく) わしの唇稽古法が破産したジャト?

虎三郎 (同じく) ンダ。

清之輔 (同じく) 馬鹿《オタンチン》を言《ユー》うのはやめなさい《ヤメセーヤ》。

虎三郎 (ついに動く。清之輔の前へ回りながら出つつ) お国訛りの中さはいくら《ナンボ》唇稽《クチビロゲエ》古《ーコ》したたて直らねえものがアンゾ。

清之輔 (思い当ってつい立ち上り) ケツワリキンカクシ……。

他の人びとも動揺、いろいろに動いてしまう。修二郎、天を仰いで嘆息。レンズに蓋をし、写真機をかかえて上手に入る。

虎三郎 ンダ。男子《オドゴ》が一等《エット》下さ穿《は》ぐものを米沢《ヨネジャワ》の人達《シタチ》はケツワリキンカクシど言《ユ》って居《エ》る。その米沢の人達《シタチ》が何千回、何万回、唇稽古したたて、ケツワリキンカクシは

どこまで行《イ》たたてヤッパシ、ケツワリキンカクシだべ。こごの理屈、ワガッカ。

清之輔　わかっちょる、じゃが（悲痛）わかりたくないわーや！

虎三郎　清之輔さの気持はわがる。しかし《ダゲンジョモ》、そんな《ソダナ》書類出《ス》してみろ、恥《ハズ》ば掻く《カグ》のは《ナーコ》あなた《ナダ》だよ。

公民　たしかに同じもの《オンナ》でもそれぞれの土地によって呼び名のちがうものが仰山《ギョーサン》オマンナ。わてが今、「ジョジョ履いた魚《トト》、たべとーオスナ」と言《ユー》うても、だれもわかってくれはらしまへん。シャーケドこれはドニモナランことドス。牛肉のことを「ジョジョ履いた魚《トト》」と呼ぶのは京都のお人だけやサカイナー。

虎三郎　うるさい《ウルセナ》。なァ清之輔さよ、言葉ど言《ユー》うものは、音《オド》ばっかしで成り立って居《エ》るのではないようだ《ネーミダイダ》。同じものを土地土地によってさまざまに言《ユー》うし、言葉の並べ方も、その……。

公民　文法ドスナ、文法規則ドスナ。

虎三郎　ウン、その文法規則も土地土地でちがう。それだから《シタカラ》、なんぼ唇稽古したっ《タタ》てお国訛りは直らねーんでねーのがい？

たしかにその通りである。清之輔は気落ちのあまりふらふらとなる。——のを

光、しっかりと支え、

光 （虎三郎や公民に）それ以上《ソイイジョッ》、文句を言うと《ギヲユト》蹴とばしますよ《ケイトバカサルットヨ》。（清之輔に）あなた《オマンサー》、上衣《うわぎ》をぬいで《オヌツギヤハンカ》。しばらくゆっくりなさい《イットキユックイシャッタモンセー》。

トやさしく清之輔の座敷に連れて入る。加津も心配そうに従う。

公民 清之輔はんにジョジョ履いた魚《トト》をカミカミさせて上《ア》げトーオスナ。清之輔はん、たちまち元気よく《ヨー》ならはります。オシタジは薄口《うすくち》がエエナ。

重左衛門 この大馬鹿者めが《コンイッバガモンノー》。お前が《ワイガ》牛肉を《ベブンニクッニュク》喰いたいだけだろうが《タイダケジャローガ》（ト怒って退場）。

たね いいいおじさんは国学教授だろ。だったら牛肉がどうのこうのより、なにか実《み》のあることを旦那様にお教えする方が先だよ（トお勝手土間へ）。

ふみ （同じく土間へ行きつつ）旦那様《サー》がガタッと降参したのは《ガオッタナー》、何も彼も《ショッコモッコ》公民先生《シエンシエ》の所為《セー》なんだじょ。

弥平 アイ《エ》ウエ《イ》オの唇稽古《クヅビラゲーコ》ば始めだナーお前様《メサマ》でガンチャ。おれの口《クヅビラ》の中《ナガ》さ指コ突ッ込んでアイ《エ》ウエ《イ》オど言《ユ》ってみろ言《ツ》ッたナーお前様《メサマ》でガンチャ。そのお前様《メサマ》がよぐ《ヨグ》もまあ虎三郎《トラジャブロー》さの肩ば持でだモンデガンチャ。いかにこの世があろうと、そんな《エガナゴッタッテソンタナ》馬鹿な話はないではないか《バガナハナスッテネーモンダ》。どこの世界にそのような《ドゴノセゲエーニソッタナ》エヅマダソステソンタナゴドガ（あまり意味はないが、烈《はげ》しいフレーズ）あってよいだろうか《エガベガ》。あんまりふざけん《オドゲン》なてば《ナテバ》、このカラボンガ吹き《フキ》！

公民　カラボンガ吹き……？

弥平　この出鱈目語り《アデズッポカダリ》！　ああ、清々《セーセー》した（ト下手へ退場）。

ちよ　おう。

公民　へー……。

ちよ　おのれを滅茶苦茶《メッチャンクッチャン》にイテマウたりたいんやけど、今度だけはカニしとくわい。気ィ付《つ》けんケエ（ト土間へ下りながら太吉に）アンサンもナンカ憎体口《ニクテグチ》ついてやらんかい。

太吉　（ピアノをジャンと叩《たた》く）

加津が出てきて、

加津　（静かに、しかしぴしゃりと）旦那様がお臥《ふ》せあそばしているのでございますよ。それに公民どのは旦那様の大切な家庭教授、すこし口をつつしみなさいまし。

公民　ホンマドッセ。物の道理のわからんコンジョワルがゴテゴテ居《イテル》るサカイ、もーヨーイワンワでござりまするワ（ト上手へ入る）。

加津　虎三郎どの、お前さまもお前さまでございます。旦那様は出鼻をみごとに挫《くじ》かれあそばされてウンウン唸《うな》っておいでですございますよ。旦那様は田中閣下に南郷式昬稽古法を提出なさるべきでした。

虎三郎　しかしながら……。

加津　昬稽古法の不備を指摘されたら、またやり直しあそばす。そういったことを何回も積み重ねる、それがすなわち「仕事をする」ということなのでございますよ。

虎三郎　いやいや《エヤエヤ》、賢《カシケエ》いアネッチャにはカナワネ。裏《ウラ》で薪《マギ》でも割ってくっか。ゴメン（ト下手へ入る）。

清之輔の座敷から光が出てきて、

光　夫は《オテスサア》、眠そうですよ《ネブイッソーオー》。

加津　（頷いて）書類書きで徹夜をあそばしておいででございましたものねえ。

光　けれども《ソイドンカラ》、眠れないそうです《ネブレンチュガミャー》……。

加津　お疲れがたまりすぎておいでなのでございましょうねえ。

光　どうしたらいいのかしらねえ《ドゲンシタラヨカトジャローネー》。

太吉、ゆっくりと「**小学子守歌**」（楽譜巻末）を弾きはじめる。光と加津、はっと思い当って、

加津　「小学唱歌集」の第五番、「小学子守歌」……！

光　あら《アラヨー》、いいわ《ヨカコッ》。いいわねえ《ヨカコーッ》。

光と加津、それから土間のふみ、ちよ、たね（も！）、清之輔の座敷へ、優しく、

坊やのお守《も》りは
小学一年生

今は学校で
アイウエオ習う
だから泣いてはならぬ
アイウエオ　アイウエオ

嬢《じょう》やのお守りは
小学二年生
今は学校で
掛算習う
だから一人でお利口に
二二《にに》ンガ《が》四《しーい》　二二《にに》ンガ四《しーい》

自分の編んだ唱歌集の中の歌を聞いて猛然とやる気を起した清之輔、二番の後半で茶ノ間にあらわれ、自らも歌う。光はじめ女たちにとってこれはうれしい驚き。また、清之輔の元気な声を聞きつけて、各所より男衆が顔を出す。修二郎は例によって濡《ぬ》れた印画紙を両手で摘《つま》むようにして持っている。

清之輔　（一座をぐるりと見渡して）ぴかーっ《ペカーッ》と閃めいた《ヒラメータ》でアリマスヨ。すなわち、全国統一話し言葉を早急《ソッキュー》に制定するには、どこでもよい《エー》、どこか適当な土地のお国訛《くになま》りを選び、そのお国訛りに土台を求めること、これしかない《ナー》のジャナカローカ……。

公民　エライナー、よく《ヨー》気がつきはったナー、わてもホンマにソー思う。

清之輔　本当でアリマスカ！

公民　わて、アンタハンが御自分の力でそこへ気がつかはるのを待ってたんドスエ。生徒はんが苦しみ抜きながらホンマノコトへ辿《たど》りつかはるのをじっと見てる、これがわての教授法ドス。

修二郎　あのナモ、全国統一話し言葉の土台《ドデア》になるお国訛りに、（頭を垂れて）名古屋訛りを使うて《ツコーテ》チョーデァースバセ。（もう必死）おれナモ、名古屋の衆をうんと《イキャイコト》よろこばせてあげたいんでヤワ。名古屋は本当《ショートク》に、パッとしない《シナズイキズ》の土地だでヨー、ひょっとして名古屋訛りが日本の言葉にでもなったら、皆、ウハウハよろこびよるでナモ。

公民　インエ、天子様の故郷《オサト》は京都ドスサカイニ、土台は京言葉で決まりィ。

弥平　あの、遠野訛りは駄目ですか《ワガマヘンカ》。

ふみ　米沢訛りを救ってください《バタスケデオゴャエ》。

虎三郎　会津言葉に意地悪《サイジクサレ》したりしたらワガンネゾイ。

たね　江戸下町言葉はゴーギに景気がいいやね。威勢がよくてグータラベーのところがないよ。

ちよ　こうなったらシャーアないっ、いったろやないけ。河内訛りがイッチ気合いがエエンじゃい。

太吉　プリーズ……。

ト清之輔に次々に迫る。重左衛門、余裕綽々《しやくしやく》、婿《むこ》ドンの肩をポンと叩いて、

重左衛門　南郷家の《ン》婿ドン、南郷家は薩摩の《ン》出《デ》でゴアンド。わし《オイ》や光に余計な《イラン》心配か《オカメカク》けるなよ《ツジヤナカトヨ》。

光　（じつに色っぽく）あなた《オマンサー》、頼みますよ《タノンモンデナー》。

清之輔、頭かかえて溜息《ためいき》まじりに頷こうとしたとき、

加津　御瓦解《ごがかい》以前、この御屋敷へ、しばしば各藩の江戸御留守居役《おるすいやく》のお歴々が、口上《こうじょう》集《しゅう》という書物をこしらえるためにお越しあそばしたものでした。（ト憑《つ》かれたように）この口上集とは、たとえば仙台伊達家《せんだいだてけ》の御家中が御参勤のお殿様のお供で江戸へおいでになる、その際、仙台訛り丸出しでは、他《ほか》の御家中との意思《いし》の疎通《そつう》がままならず御役目は滞り勝ち、それればかりか笑い者にもなりかねない。そこで御留守居役やその御家来衆が山の手のお旗本衆の、本《ほん》江戸言葉をお習いあそばして、口上集というものをお編みになるわけでございます。（彼女には今、過去が現在になってしまっている）口上集を開けば、たとえば「仙台訛りのソデガスは、山の手の本江戸言葉ではサヨウデゴザイマスと申す」などと記してありますから、どなたも重宝なさいます。そして口上集を編むのは仙台藩だけではございませぬ。すべてのお大名お小名がこの口上集を編んでいらっしゃいます。ということは山の手本江戸言葉が全国統一話し言葉のお役目を、

　ふっと過去が過去へ遠ざかる。加津に、一人一人の顔が見えてくる。

すでに果していたようなわけで、修二郎どの。

修二郎 （びっくりして）ヘイヘ……。

加津 さきほどのお写真の出来栄《できば》えは……、あ、お顔に書いてございますね。

で、とんと照明《あかり》が落ちる。スクリーンにまたも失敗した記念写真。

5 清之輔が閣下に怒鳴られ悄気《しょげ》てしまった日、そしてたちまち再起した日

「4」の翌日の午後。舞台は無人。ただ修二郎の写真機が縁先に向けて設置されているばかり。すぐに、上手で清之輔を迎える声。

重左衛門 マッチョッタド。

光 オモドイナサイモンセ。

公民 オツカレヤス。

加津 お戻《もど》りなさいませ。

たね　お帰り《オカエン》なせえ。

ふみ　お疲れでしょう《クタビッチャベ》。

ちよ　ゴクロハンやったやないんけ。

虎三郎　お帰りなさい《ケーラッシェ》。

太吉　ウエルカムホーム。

修二郎　よくお戻りなさいました《ヨーモドッテチョータ》。

重左衛門と光と公民の三人は障子から、他の者は庭から入ってきて清之輔を迎える。一歩おくれて上手障子から入ってきた清之輔（洋服）、なぜか手拭《てぬぐい》を顔にあてがっている。

修二郎　写真の種板《たねいた》に《イ》薬塗って、持って来ます《キャス》でナモ、ちょっと待ってチョーデァースバセ。

軽く会釈《えしゃく》して上手《かみて》際《ぎわ》の縁側に上り、上手奥へ入る。

光　(夫の様子をそれとなく見ていたが) ずいぶん《ガッツイ》元気《ゲンキ》のない《ノナカ》……。

加津　それはもうこの蒸暑《むしあつ》さでございますもの。それに西洋の厚手のお召しもの。たまったものではございませぬ。

光　でも……《ソイドンカラ》、(思い切って夫の額に手を当てて) 熱はないわ《ミワタギツテオイモハン》。

加津　身は沸立っていない《ミワタギッテイナイ》……。(頷いて) お熱はおありにならない、のでございますね。それはよろしゅうございました。

光　(清之輔に) あのう《アンナー》、具合《グワヤ》はどんな《イケナ》風ですの《フーデゴザイモスカ》?

清之輔、手拭をとる。ひどく落ち込んだ表情。

清之輔　わしは《ワシャー》役所で田中閣下にこう申しあげた《コーモーシャグタ》のでノンタ。「全国統一話し言葉は、長州訛《なま》り、(舅《しゅうと》と妻を見て) 薩摩訛り、(公民に) 京言葉、(種板を隠した黒い布袋に両手を突っ込んだまま出てきた修二郎に) 名古屋訛り、(加津とたねに) 江戸山ノ手と下町訛り、(ふみに) 米沢訛り、(弥平に) 遠野訛り、(ちよに) 河内弁、そして (虎三郎に) 会津訛り、以上十《とお》のお国訛りを土台に制定したらどうでアリマショーカ」とノータ。(太吉に) 英語は外国の訛りじゃから《カイ》、仲間にゃ入《ヘー》れん。

太吉　（小さく頷いて鍵盤《けんばん》をポンツンと叩《たた》く）。

　虎三郎、会津訛りという言葉の出たときから地面に膝《ひざ》をついていたが、

虎三郎　アンマレ、ありがどう。会津《エアアツ》の衆が聞《キー》いだらナンボガナよろごぶべが。ありがどうオザリヤス。藩国《クニ》コ破《ヤブゲデ》れて言葉あり、ありがどう。斗南《となみ》の地で苦労して居《エ》る衆がナンボ嬉《ウルス》しがるもんだか。

　奉公人たちとしても同じ心境。自然に清之輔へ礼をいう体勢《かたち》になる。

清之輔　（あわてて）わしに礼を言《ユー》うのはまだ早《ハエー》い。……田中閣下はこう《コー》申されたのでノータ。「トロイコトコクナ！」

　一同、修二郎の言葉と似ていることにぴんときて一斉《いっせい》に彼を見る。

清之輔　（弱々しく頷いて）田中不二麿閣下は名古屋の御出身なのでアリマスヨ。

修二郎　アノヨー、おれがナモ、たとえばナモ、おたねさの東京下町言葉に通辞《ツージ》しますとナモ、トロイコトコクナは、これは粗っぽい《ダダクセア》言い方デヤワ。(観客に) 文部省で一番偉い《エレエア》お人がこんなトロクセー言い方をしてもエーのかネー。
虎三郎　早く《ハエグ》通辞《ツージ》スロ、このバガヤロコ。
修二郎　(頷いて)「このバカヤロ、バカなことというんじゃねえ」という意味デヤワ。
虎三郎　……なに《ナヌ》?!
清之輔　田中閣下は続いてこうも《コゲーニモ》申されちょった。「会津《アエアーツ》といやよー、官軍に歯向っ《ハムコー》た《タ》賊軍の頭目《トーモク》だでよー」
修二郎　「会津といえば官軍に歯向った賊軍の親玉ではないか」
清之輔　「その賊軍の言葉を全国統一話し言葉に加えちゃイカンガネー」
修二郎　「賊軍の言葉を全国統一話し言葉にしちゃいけないね」
清之輔　「河内弁も、遠野弁や米沢弁もドットセンネー」
修二郎　「河内弁も、遠野弁や米沢弁も感心しないね」
清之輔　「てァーもなァーことだでよー」
修二郎　「飛んでもねえことだ」
清之輔　「オミャー、ニスイワナン」

修二郎「にぶいんだよ、おまえは」
清之輔「今頃めずらしいヌクでやわ」
修二郎「このごろ珍しい抜作《ぬけさく》だよ」
清之輔「チョーズバにブチョ落ちてビタビタビタンコになるがエーだよォ」
修二郎「便所に叩き落ちてびしょ濡《ぬ》れになるがいいや」

光、ふらっと大きくよろめく。加津がしっかと支える。弥平とふみはワーンと泣き出す。ピアノに突っ伏してしまう太吉。その背中をさすってやるたねの目に泪《なみだ》。公民はあらぬ方を向いてせわしく扇子を使っている。

重左衛門（清之輔の肩にそっと手を置いて）もうなにも言うな《ナンモユナッツ》。（汗を拭《ぬぐ》うふりをして手拭で目頭を拭《ふ》き）ほんとうに《ホンニナー》今日《キユン》の暑さといったら《アツカコチユワ》ひどいのう《ヒドゴアンガ》。
ちよ　まったくダンナハンのことボロクソに言いさらすおえらがた《エライサン》やないけ。あてがこれからねじこんで、そのエライサンに小便《ションベ》ちびらしてやろけ。
清之輔（ちよに）カタジケナイ……。（一同に）ありがとう《ゴネンノイリマシタ》……。しかし《ジャガ》、閣下の悪態口にはわしは《ワシャー》良く《ヨー》慣れちょる。そう心配《ソーキモヤク》することはないで《ネー》アリマスヨ。

加津　ええ、旦那様《だんなさま》は気の持ちようの強いお方、これぐらいのことで挫《くじ》けたりなさいますものか。（とくに光へ）きっとよい工夫を思いつきなされて上役の方々をギャフンと言わせなさいますよ。

清之輔　ウム。

光　それならば《ソンナラ》いいの《ヨ》だけれど《カドン》……。

清之輔　きっと《デヒ》、成し遂げて《ヤリオーシテ》みせるがノー。

光　そうしてください《ソゲンシテタモンセ》ね。

この間、虎三郎は唇《くちびる》を噛《か》み、じっと何かを考え込んでいる。

修二郎　あのー、写真どーしやすかネー。種板は薬塗り直せばまた使えるで。写真はまた日を改めてとユーことにしやすかネー。どうデァーモ。

清之輔　いや《インニャ》、写真を撮ってくれんさい。みんなで《ミウチ》写った写真を机の上に置いて、それを眺めて励みにしたいでノンタ。（一同に）みんなで写真に撮られることにしよ《ショ》う《ー》。光、さあ《サー》、来てくれんか《オクレイノー》。

光　ハイ。

一同、例によって例の如《ごと》く縁先へ並ぶ。

修二郎　へーッ。そいじゃレンズの蓋《ふた》、取りやすゾェーモ。一、二、三、四、五、六、七、八、九、十、十一、十二、十三。

修二郎、愕然《がくぜん》として空を仰ぐ。途端に物凄《ものすご》い夕立ちの音。

修二郎　写真機が駄目《アカンヨーニ》になってしまう《マゥ》がネー。

ふみ　（口だけ動かして）番傘《カラガサ》持ってってやっぺが！

修二郎　しかし《ケドガヨー》、動《イノ》いてはアカンガネー！

ふみ　（口だけ動かして）んじゃ動かない《ウゴガネ》！

修二郎　ジャガヨー、これジャ写真機、台無《デエアナ》しジャガネー……。（決心して）あのナモ、カニしてチョーデァースバセ。

ト写真機を横抱き、鉄砲玉のように上手へ入る。ほんの一瞬、一同呆然《ぼうぜん》として

いる。が、すぐに、

ふみ　あ、洗濯物《アラエモノ》ば取り込まなくちゃ《ネバ》！

ちよ　ソヤソヤ、みんな、手を貸しさらしてくれへんけ！

ト二人、下手へ駆け込む。たね、太吉、弥平、そして加津までが助太刀《すけだち》のために下手に入る。虎三郎は清之輔に一礼し、ゆっくりと下手へ退場。その眉宇《びう》にある決意があらわれている。

光　（清之輔に）あなた、お着換えなさったら《キカエメサッタモンセ》。

清之輔　（頷いて）それにしても、我々《ワシラ》と写真機とはどうも折り合いが悪いよう《ヨー》ジャノー。

光　ほんとですね《ホンノコテナー》。

光、上衣を受け取りながら、夫ともども正面座敷へ入る。

公民　（縁先から空を見上げ）結構なおしめりでおますな。

重左衛門　ナア、国学教授ドン……。

公民　ヘエ……。

重左衛門　清之輔にナンカ良い考え《ヨカガンゲ》、授けてくれんか《サズクイヤランカ》。

公民　ヨカ考え……？　ソードスナー……。

重左衛門　ぐずぐずせずに早く言わないか《ゴンモイゴンモイセンジハヨイワンカ》。

公民　公民つらつら思いますに、新政府の高官から反対を喰うような土地の言葉を、全国統一話し言葉の土台に据えてはアカンノドスナ。

重左衛門　そんなこと分っているわい《ソゲンコチヤワカッチヨットジヤ》、この阿呆《コンアンポンタン》。

公民　エー、コノー、何ドスナー、新政府の高官がエロー喜びはるような土地の言葉を全国統一話し言葉の土台にすること、これがフカイ大切やオヘンヤロカ。全国統一話し言葉いいますのは全国に流行《はや》るサカイニ、全国統一話し言葉いいますのヤロ……。

重左衛門　もうヨカ、この役立たずが《コンヤッセンボガ》。

この少し前、清之輔が帯をしめながら出て来て、「ン？」という表情になり聞き耳を立てている。

公民 そうだから《ソヤシ》、全国に流行らせるには力《ちから》がいりますがな。政事《せいじ》の権力《ちから》がいりますがな。新政府の御威光をもって流行らせるほかおへん。ソヤサカイ新政府の高官が、いかにも喜びはりそうな土地の言葉を土台に据えるわけドス……。

重左衛門 ふん、どうしようもない《バッタイナラン》。

公民 ホーカテ……。

重左衛門 うるさい《セカラシ》。

公民 シャーケド……。

清之輔、公民の前にぴたりと坐《すわ》って、

清之輔 政事《せいじ》の権力《ちから》でありますか!

公民 へ?

清之輔 政事《せいじ》の権力《ちから》の裏付けのない言葉は全国統一話し言葉に成り得ないチューのでアリマスナ。

公民　あまり気にせんといて、ほんの思いつきで言《ユー》ったんドスサカイニ……。
清之輔　いや《インニャ》、わしは《ワシャー》貴方《アンサマ》にお礼を申し上げねばならんのでアリマスヨ。

重左衛門と公民、びっくりする。なおこのあたりまでに、加津、たね、ふみ、ちよの四人、洗濯物を山ほど抱え込んで板ノ間で整理している。光も出てきて、夫や父のものなどを畳んでいる。なお、雨は間もなく止《や》んで、やがて虹《にじ》が出るだろう。

清之輔　よく《ヨー》お聞きください《クレサンセー》。現在《インマ》の、この日本は、維新の大業があったればこそ出来上ったわけでノンタ……。
重左衛門　その通りだ《ソイジャガ》。
清之輔　それなら《ジャカラ》、日本の話し言葉、すなわち全国統一話し言葉は、維新の大業を忠実に写しておらにゃーなりませんがノー。写真のように忠実にノー。ありのまま生き写しにノー。
重左衛門　ソイジャガ、ソイジャガ！
公民　（せっついて）ホイデ？　ホテカラ？

清之輔　だいたいがノータ、新政府の高官の数《かず》にしても維新の大業を忠実に写しておりますがノー。山口や鹿児島出身の高官が非常に多い……。

重左衛門　当然じゃ《ジャッド》。薩摩と長州は維新の二本柱だからな《ジャッデナ》。

清之輔　つづいて高知や佐賀出身の高官が多いでノンタ。そこでわしは《ジャケーワシャー》考えた。新政府の高官の割合をそのまま全国統一話し言葉に当てはめちゃーどんなもんじゃいノー、と。

公民　オモロイナ！

重左衛門　おもしろい《オモシトカ》！

清之輔　維新の大業でどこがどれだけ働いたか、それを忠実に写しとった全国統一話し言葉ができたら《デケタラ》、新政府の高官閣下は大いに《イカク》よろこび、熱心に《イッシク》後押ししてくださるにちがいない《チガエナー》！

重左衛門　（白扇を開いてかざし）頭《ビンタ》がヨカド！（公民に向い）ありがとう《アリガトゴワス》！

　　板の間の女たちもホッとして、

光　主人の《ヤドンシノ》顔ン《カオ》色《イロ》、あんなに《アゲンニ》明るい《ハレバレシッセー》。よかった《ヨガコ》、よかったこと《ヨガコーッ》。

加津　(頷《うなず》いて)旦那様はまことに打たれ強いお方……!　お酒をお出しいたしましょうか。

光　(はればれとした表情で)そうしてくださいな《ソゲンシテタモンセ》。

頷いてたねを見て酒を言いつけようとする加津。しかしたねはもうその支度にかかっており、加津に向って胸を叩《たた》いて請け合って、

たね　承知《ウケタマワリ》、承知《ウケタマワリ》。

ふみ　(ひょいと空をみて)あそこさ《アソゴラヘン》虹コ架《か》がって居る《エット》よ。

ちよ　また大きな《イカッイ》声を出しさらす。虹が出る度にそんな《タンベニソネン》大声出しとったら最後には《シマイニャ》、声《ノー》がなくなるド……(ト言いながらふみと同じ方角をみて、じつに大きな声で)あー、美しゅう架かっとるやないけ!

太吉、ピアノを弾きだす。後に「キラキラ星よ」という歌詞で広く歌われることになる歌である。

加津 (にっこりと光を見て)「小学唱歌集」の内、第二番。

光 (頬笑み返して)「虹《ニシ》」(楽譜巻末)。

この場に居合せた者、全員が歌う。

まなつの空の　大きな虹よ
ななつの色の　着物を着込み
弓はりがたに　かかってござる
みるまに消える　あわれな虹よ
ひかりのなかに　すがたをかくし
気づいてみれば　ただ青い空

なお、ふみが虹に気づくのと同時に公民も何事かに思い当って上手に引っ込み、いま枕屏風《まくらびょうぶ》を抱えて登場。その屏風には、

維新論功行賞

薩摩《さつま》	（鹿児島）	十万石
長州	（山口）	十万石
土佐	（高知）	四万石
信濃《しなの》松代《まつしろ》	（長野）	三万石
美濃《みの》大垣《おおがき》	（岐阜）	三万石
因幡《いなば》鳥取	（鳥取）	三万石
肥前大村	（長崎）	三万石
日向《ひゅうが》佐土原《さどわら》	（美々津《みみつ》）	三万石

とあり、すこし離れて次の二行。

京言葉（天子様の故郷）
東京山ノ手言葉（天子様の現住所）

加津 ちよさん、弥平さんや虎三郎どのを呼びに行ってくださいまし。旦那様や御隠居様のお相伴《しょうばん》でお酒を召し上りなさい、とおっしゃいましよ。
ちよ へ。
ト下手に入る。茶の間では、
公民 いまちょこちょこっと書いてきたんドスケド、まー、主だったところを書いたらコーなりますヤロカ。
清之輔 （最初の一行を読む）維新……、論功行賞。
公民 （頷いて）今から五年前の明治二年、お上は維新の大業に手柄のあった各藩に御褒美を下されはりました。その主だったところがこれですワ。さて、これを眺めながら全国統一話し言葉がドナイ在るべきか考えますに、京言葉は天子様のふるさと訛《なま》り、東京山ノ手言葉は天子様の現住所の訛り、二つとも外せへん。へてから大手柄のあった薩摩と長州も外せへん。この四つの言葉が、つまり、全国統一話し言葉の中心ですワ。

清之輔　イカニモ。

公民　八割方、この四つの言葉で出来ていてカメヘン。

清之輔　残りの二割は？

公民　残りの二割に、高知言葉以下、長野、岐阜、鳥取、長崎、ホテカラ日向の、六つのお国訛りをぎゅっと詰め込みますのや。ほいでに、以下十《とお》のお国訛りをアンバヨー掻《か》き混ぜると、へーお待遠《オマットー》サン、全国統一話し言葉がアンジョー出来上り、とコナイなることになるのやオマヘンカ。

清之輔　賊軍のお国訛りはどうしよう《ドーショー》かノー。

公民　賊軍のお国訛り、朝敵軍は一切無視しますワ。

一瞬、女たちの手が止まる。

公民　まー、賊軍のお国訛りの総代として東京山ノ手言葉を拾《ヒロー》ってあげたのやし、他のは無視してもカマワン思います。

清之輔　ウーム、イカニモ。

ちょうどそのとき銚子《ちょうし》の載った膳《ぜん》が運ばれてきた。光が清之輔に、加津が重左衛門に、そしてふみが公民に酒を注《つ》ごうとする。重左衛門、加津とふみを制し、公民に酌《しゃく》をしながら、

重左衛門　あんたも《オハンモ》かしこい《ビンタガヨカナー》！

公民　オーキニ。

重左衛門　ずーっと居候していてよろしい《イソロシチヨッテモヨカド》。

公民　オーキニ、オーキニ。この公民も御上《オンジョ》はんのことがどうも他人とは思えへんようになりまして……。

ト盃《さかずき》のやりっこ。そこへ上手から修二郎が例の如く濡《ぬ》れた印画紙をもってボーッとあらわれる。

加津　やはり今度のもいけませんでしたか。

修二郎、頷いて答えたとき、下手から弥平とちよが駆け込んでくる。

ちよ　虎やん、おらんで！

弥平　御屋敷から出て行った《デデエッタ》ようです《ミテデガンチャ》。

一同、えっ?!　となったところで暗くなる。スクリーンに、夕立ちのために失敗した写真が投写される。

6　奉公人たちが故郷を切り売りした日

「5」の翌日の午後。例によって縁先に向けて据えつけられている修二郎の写真機。縁先で、清之輔、弥平、虎三郎を除く全員が、光と加津とを中心に額を寄せ合っている。

加津　旦那《だんな》様《さま》のお俥《くるま》が、そこの善国寺谷を登り切るところだそうでございますよ。
ふみ　(大きく頷《うなず》いて) おら、たった今《エマ》、この目《マナグ》で見できたどごろだがら、たしか《タスカ》だじよ。
加津　奥様とも相談いたしましてね、今日は旦那様をにぎやかにお迎えしようということになりました。
光　皆《ミンナ》、よろしく頼みますよ《ヨロシユタノンミャゲモス》。
重左衛門　にぎやかなお迎えというと《ニッジャガナオムケチユッド》、どういう迎え方かな《ドゲナムケカタヤ》。
光　歌ですよ《ウタデゴアンドナー》、御上《オンジョ》。
重左衛門　歌……?
光　ハイ。
加津　旦那様は全国統一話し言葉の制定にたしかな見通しをおつけあそばしました。今日こそ田中閣下からおほめいただいてお帰りあそばすにちがいございません。
公民　それはこの公民が保証しますワ。ひょっとしたら、四等官から三等官に出世しやはってお帰りにならはるのとちがいますか。
加津　だとしたらいっそうにぎやかにお迎えしなくてはなりませぬ。それには旦那様のお編みあそばした「小学唱歌集」の中の一曲を歌ってさしあげるのが一番。

たね　それとお酒だね。

重左衛門　そうじゃ《ジャッド》。（公民に）ノー？

公民　うれしいです《ウレコィナ》ね。

ちよ　ほいで何番を歌いこまそユーねんや。

光　第九。

加津　（頷いて）「同胞《はらから》の歌」（楽譜巻末）。

修二郎　第九《デエアク》？（観客に）第九《デエアク》は一番《イッチ》むずかしいで閉口《ガオ》するがネー。

このとき表門で弥平の声。

弥平　旦那さの帰《ケエ》ってござらしたヤ！

太吉がピアノを弾き出す。一同、歌う。

はらから集《つど》えり　学《まな》びの庭に

ともに競い合い　ともに励まさん

雪をばあかりに　文字《もじ》書き習い

蛍をあかりに　文読《ふみよ》み習わん

ただし上手から登場した清之輔の様子がおかしいので、歌は半ばで立ち消えになってしまう。弥平も庭からあらわれて、一同を制する。

光　ずいぶん《ガッツイ》元気《ゲンキ》のない《ノナカ》……。

清之輔　田中閣下がひどく《ハナハダ》御機嫌斜めでノー。

一同、呆然《ぼうぜん》。

公民　まさか。

清之輔　ホンマじゃ。

光　アラ、ヨー……。

例によってふらふらになる。加津、すばやく支える。

公民　その田中という《ユー》オエライはんはアンタサンのお考えが気に入らんといわはったんドスナ。

清之輔　わしの考え？

重左衛門　昨日《キヌン》の、ジャガ。

清之輔　あ、あのことならまだ田中閣下には申し上げておらんでノンタ……。

重左衛門　なぜ《ナイゴテ》……?!

清之輔　いきなり雷《ナルカミ》がドッシーン！　それで申しあげるひまがなかったのでアリマスヨ。……昨晩、田中閣下の御屋敷に賊が押し入ったそうでアリマスヨ。賊は会津訛《なま》りのチョンマゲ姿で出刃庖丁《ボーチヨ》……。

弥平　会津の虎三郎さでガンチャ！

清之輔　（頷いて）賊もソー名乗ったそーじゃ。賊は、会津言葉が全国統一話し言葉の土台石のひとつになってなぜ悪いと怒鳴って、閣下に一発、ゲンコツをお見舞いしたそーじゃ。それで田中閣下の左目に（指を輪にして当てがってみせて）コゲーなアザが出来ちょったでノータ。

たね、ふみ、ちよ、太吉、そして弥平などが手を取り合ってよろこぶ。

清之輔　もうひとつ。賊は閣下の首筋に庖丁《ホーチョ》を突きつけて、「南郷清之輔という四等官をあまり粗末に扱うでないぞ」と脅し、閣下の財布から三十円奪《と》って逐電したそーじゃ。

またもやよろこぶたね達。

たね　いいところがあるねえ。ちゃんと旦那様を売り込んでくれたんだよ。

ちよ　ほんまや。強盗《オドリコミ》のセワシナイなかで人を売り込むちゅうのは、なかなか出来ることやないで。

加津　とんだ愚か者でございますよ（トぴしゃりという）。そのように露骨な売り込みをすれば、旦那様は、虎三郎どのの一味と見られてしまいましょう。

快哉《かいさい》を叫んでいた面々、しゅんとなる。

清之輔　田中閣下からも「オミャーラはぐるでネァーカ」と叱《オゴ》られたでアリマスヨ。そして《ソイテ》、十日間の休職……。

一同、休職という言葉のまがまがしさに圧倒され、石のようになってしまう。

清之輔　いやいや、心配はいらん《キモヤクコトワイラン》でノー。皆《ミンナ》の顔を見ちょるうちに、何や《ナンヤラ》知らん、ハナハダ元気が湧《わ》いてきちょったでアリマスヨ。（光の手をとって）十日間の休職、これをば有意義に使って《ツコーテ》、全国統一話し言葉をその細部までしつこく《ネシコク》練りあげることにしょーと思っちょる。光、それから《ヘーカラ》皆《ミンナ》、助太刀《すけだち》を頼むよ《タノーダデノー》。

光　あなたの《オマンサーノ》立派な《リッパナ》こと《コッ》よ。

重左衛門　死にもの狂い《チエスト》に突進せい《イケ》！

全員　（思わず）チェストいけ！

清之輔　（ほろっとなって）ありがとう《ゴネンノイリマシタ》……！

太吉、感動してピアノを叩《たた》く。曲はさきほどの中途半端《はんぱ》のままで終ってしまった「同胞の歌」。

はらから集《つど》えり　学《まな》びの庭に
ともに競い合い　ともに励まさん
雪をばあかりに　文字《もじ》書き習い
蛍をあかりに　文読《ふみよ》み習わん

力強く歌い、大いに盛り上る。

修二郎　皆さんたいへん《イコー》良い《エー》お顔《キャオー》をしておられやすでナーモ、そのまま縁先イ並んでオクレヤースバセ。

一同、並ぶ。

修二郎　そいじゃレンズの蓋《ふた》、取りやすゾェーモ。（今回はさすがに上手や下手、そして空などを点検し、それから）ヘイ、蓋を取りヤシタゾェーモ。一、二、三、四、五、

六、七、八、九、十、十一……。

このとき、お勝手土間から竹皮包みをぶらさげた虎三郎がふらりと顔を出して、

虎三郎 おッ、写真さ撮られで居《エ》っとごが。おれも混ざりたかったな《マジャリダガッタナ》。

虎三郎の声のした瞬間からもう一同の顔はそっちに向って動いてしまっている。

修二郎 わたしは《ワシャー》モウイヤジャガネー！

修二郎、レンズに蓋をし、写真機を担《かつ》いで上手に入る。

虎三郎 (まだきょとんとしている一同に) しばらく《スバラグ》だったな。皆、達者で居《エ》ダガ？

弥平 まだ一日《エツニチ》も経《た》ってねーツーにソンタナ挨拶が《エーサツガ》ありますか《ガマスカ》。

清之輔 弥平、今《インマ》は何も言わんでよかろーがノー。

弥平 ハー……。

虎三郎　(加津に包みを差し出して)後で、これ、皆で、アガナンショ。これ、ジョジョ履《ハエ》いだ魚《トト》。すこしくたびれたな《ツコシクタビッチャナ》。おれ、ちょこっと昼寝して来《クッ》るから。

ト下手に去る。弥平がそのあとについて行く。突然、光が清之輔の頰を平手打。びっくりする清之輔以下一同。光、掌《てのひら》を見せて、

光　大きな蚊《フトガカ》。

重左衛門　おお、死んでいるよ《ゴネッチヨッド》。

清之輔　ウム、イカイ蚊ジャ。

公民　イカイなあ。

加津　オホキイですこと。

たね　オーキーね。

ふみ　オッキイ。

ちよ　オッケェ。

太吉　ビッグ……。

清之輔、加津とたねとの間に入って、

清之輔　この際、賊軍のお国訛《くになま》りと外国訛りは仲《ハ》間外れ《ネ》にして《テ》全国統一話し言葉を考《カン》え《ゲー》るとノータ、薩摩のフトガ、長州と京都のイカイ、そして東京山ノ手のオホキイ、少なくともこの三つの中からイッチ良いもの《エーモン》を一つ選ば《ヨラ》にゃならんのでアリマスナ。こりャー大仕事でノンタ。

重左衛門、公民、加津の三人を横一列に並べ、指で順にさしながら、

清之輔　ド・ッ・チ・ニ・ショー・カ・ナ、オ・ジ・ゾー・サ・ン・ノ・ユー・トー・リ……。

などとやっているところへ虎三郎が相当に思いつめた表情で入ってくる。

虎三郎　清之輔さ。

清之輔　ハー？

虎三郎　いまし《エマシ》がた、弥平さから聞いたのだが《キカサレダノダゲンジヨモ》、清之輔さが、今、拵えている《コシャエデル》全国統一話し言葉の中さ奥州《おうしゅう》の訛りがヒトッツモ入っていないというのは《ヘーッテネーッーナァー》、本当です《ホントゲエ》か。

右の台詞《せりふ》の中でお勝手土間になんとなくばつが悪そうに入ってくる弥平。夕餉《ゆうげ》の支度をしはじめる女たち。重左衛門と公民は将棋でも指しましょか。なお、以下の会話《やりとり》の中で、清之輔、光の介添えで着かえてもよい。

清之輔　本当《ホンマ》ジャ。奥州ばかりではなくて《ノーテ》、日本全国の賊軍のお国訛りはすべてハネルことにしたのでアリマスヨ。もっとも《ソーユーテモ》東京山ノ手言葉だけは別《ベッ》ジャガノー。ノー、虎やん、賊軍は天子様に弓引いて《ヒーテ》朝敵になったのジャから《カイ》、これは仕様《ショー》がネーノー。

虎三郎　そんなのあるか《ソダノアッカイ》！　ゴセッパラヤゲルナ、このばか《ウスラバカ》。

清之輔　ウスラバカ……。なぜ《ナヒテ》、わしがばかな《バカタレ》んジャ？

虎三郎　賊軍の土地に《サ》しかネーものはドーナンベガ。たとえば「ニシン」と言う《ユー》魚がアッベー。

清之輔　（頷《うなず》いて）ニシンはわしの大好物ジャガノー。（光に）ノー？

光　ハイ。

虎三郎　それで《ホンジェ》、ニシンは松前《まつまえ》の名産でしょう《ダベイ》。
清之輔　ウム。
虎三郎　ホンジェ、松前は官軍ではない《アンメン》……。
清之輔　（頷いて）松前藩は、榎本武揚《えのもとたけあき》以下の賊軍にやすやすと領国を明け渡してシモータ。ナッチョラン。
虎三郎　それならば《ンジャラバ》、松前訛りはドゲナゴドニナンベ？
清之輔　ナッチョラン土地のナッチョランお国訛りは、残念ジャガ、すべて抹殺で《ハネラレルデ》アリマスノー。
虎三郎　すると《スット》、ニシンという《ユー》言葉も居なく《エネグ》なるノダナ。
清之輔　（大きく頷いて）抹殺で《ハネラレルデ》アリマショー。
虎三郎　そこがダメダゾイ！　ニシン言《ツー》う言葉がなくなっても《ネグナタタテ》、ニシン言《ツー》う魚は居る《エン》のだゾイ！　そして《ホンジェ》日本の人達《シタチ》はこれから先《サギ》もやっぱりニシンを喰《クー》うはずだ。ここの道理が分《ワガ》ってエネミデダナ。

賊軍の土地出身者たち、虎三郎に共鳴する。

たね　そのとおり《アタリキ》で、旦那様。モノがあるのにナメーがねーだなんてそんなばかげた料簡《リヨーケン》があるものじゃねえ。

ふみ　ほんとうに《マゴドニ》そうだよ《ンダジヨ》。ニシンという《カドニシンッー》名前《ナメー》なしにどうやって《ドゲナゴドシタラ》ニシン《カドニシン》が買える《ケール》のだろう《ンダベナ》。

ちよ　（賊軍出身者たちを制しつつ一歩も二歩も進み出て）お前さんたち《ワイラ》だまってけつかれ。（清之輔に向い）おう、この始末どうつけくさるちゅーんじゃい……。

ト気合いを入れて詰め寄ろうとするのへ、清之輔、余裕たっぷりに頰笑んで、

清之輔　コゲーナ場合はニシンを新しい名前で呼ぶことになるのでアリマスヨ。

聞き耳を立てていた公民、「おお」と膝《ひざ》を叩いて大感服の態《てい》。

清之輔　コリャほんの思いつきジャガ、ニシンは皆もヨー知ッチョルヨーニ、鱗《ウルコ》がすぐ落ちる魚《イオ》ジャから《カイ》、鱗の落ちる魚《イオ》、「鱗落魚《りんらくぎょ》」と呼ぶことにするとか、まー、そ《ソ》ん《ゲー》な方法《やりかた》をしようと思ッチョル。

加津　（言ってみる）リン・ラク・ギョ。
ふみ　レンラクギョ……。
弥平　デンダクギョ……。
清之輔　うまく口に馴染《なじ》まぬヨーでアリマスナー。よろしい。皆にニシンの新しい名前を考えてもらうことにショーヤー。一番《イッチ》エーアンバイの名前を思いついた者《モンニャア》には、賞金として十銭つかわそーかノー。
一同　（仰天）ジュッセン?!
清之輔　ソージャ、褒美は十銭ジャ。わしは《ワシャー》賊軍地域の言葉はすべてだめに《ボコペケ》ショーと思ッチョル。つまり、《ケッチャク》賊軍地域の言葉をゴッソリ全部《アリシコ》、新しい呼び名と入れかえるわけでアリマスヨ。そこで、皆の生れ在所の、これこれといいいいとユー言葉をしかじかとユー言葉に新しく呼びかえたらチューー考えがアッチョッタラ、どしどし《ドットン》申し出てくれいや。この褒美も、言葉ひとつにつき十銭ずつジャ。頼んで《タノーダ》でアリマスヨ。

一同、呆然《ぼうぜん》。……だがそのうちに誰からともなく「十銭！　十銭！」と呟《つぶや》きはじめ、何か考えながらそのへんを歩き回りはじめる。その有様を下手からじっと見ている虎三郎。

公民はもう心得て、縁先に文机（あるいは将棋盤・碁盤）を持ち出して、

公民　（清之輔に）国学教授として、わても手伝わせてもらいます。（奉公人たちに）受付はここドス。

途端に賊軍の土地出身の奉公人たち信じられないほど敏捷《びんしょう》に公民の前に一列に並ぶ。順番はなぜか、たね、太吉、ふみ、弥平。最後尾がちよ。

たね　佃煮《つくだに》ってのがあるね。

公民　へー、炊立て御飯《オヌク》にのせていただくと大き《オー》にオイシューオスナ。

たね　（頷いて）ナメーからわかるように、あれは江戸佃島がはじめた江戸のクイモンだわ。下町ッ子のオカズさ。てーことは、

光がガマ口《ぐち》から十銭玉を出し、重左衛門も醵金《きょきん》し、それを加津が小皿《こざら》に受けて文机の上へ……という動きが進行している。清之輔は矢立てと紙。

たね　佃煮は、全国統一話し言葉から外されるバッテン組さね。そいでさ、この佃煮を醬油煮《しょうゆに》とでも言いかえたらどんなもんかね。

公民　ショーユニ？（清之輔を見て）あんまりパッとセーヘンナー。

清之輔　いや《インニャ》、折角の申し出ジャ。（記録しつつ）いただいといてくれサンセー。

公民　ホナ、十銭。

たね　（推《お》し戴《いただ》いて）あたしゃ幸福者《アヤカリモノ》だよ。

虎三郎、憤然として去り、修二郎、印画紙とともに悄然《しょうぜん》として出て一座の様子に驚き、太吉が公民の前へ進み出て、

太吉　……。

清之輔　（すこしすまなそうに）外国訛りは買えんのジャガノンタ……。

すとん、と照明《あかり》が落ちる。スクリーンに修二郎の、この「6」での失敗写真が浮び上る。

7 清之輔が奉公人たちに励まされた日

「6」から十日後の昼下り。正面座敷に、よれよれぼろぼろの清之輔が机にしがみついているのが見える。光が夫へ静かに団扇《うちわ》の風を送り、その光へ加津がやはり団扇風を送っている。

板ノ間では、ふみ、ちよ、修二郎、太吉、そして弥平が、たねの搗《つ》き出すトコロテンをたべている。重左衛門、公民、それから虎三郎の姿はない。

徹夜疲れか、清之輔がばたりと文机に突っ伏して眠ってしまう。光が加津に目顔で合図。加津は団扇でぴしゃりと畳を叩《たた》いて、

加津 小学唱歌集第三番、「三太郎《さんたろう》」（楽譜巻末）。

すかさず歌い出す奉公人たち。

鬼ケ島を攻め破り
お宝《たから》　曳《ひ》く　桃太郎
気はやさしくて　力あるなり

その歌に励まされて清之輔は必死の思いで顔をあげ、筆を動かす。そこへ虎三郎が入ってくる。手に書簡袋。

虎三郎　……飯粒《マンマツブケ》くれ《レ》。書簡袋《ハエット》を封する《フーシルン》のだ《ダ》。
ふみ　（飯櫃《めしびつ》から飯粒を出して）どうぞ。
ちよ　虎やんもトコロテンに呼ばれたらどーやんけ。
ふみ　暑気払いに良《エー》いじょ。
弥平　ナンタッテウメーでガンチャ。
たね　みんなでお金《オアシ》を出し合って間食《オヤツ》と洒落込《シャレコ》んでいるところなんだよ。
修二郎　まー、ここに《イ》坐《すわ》ってチョー。

トまた清之輔に睡魔が襲いかかる。光の目顔の合図。加津、団扇で畳を打つ。

そこで奉公人たち大声で、

足柄山《あしがらやま》　遊び場に

けもの家来に金太郎

気はやさしくて　力あるなり

清之輔、顔をあげ筆を動かす。

ふみが虎三郎に皿を持たせ、たねがそこへトコロテンを搗き出す。

虎三郎　お前たちも《ウヌラーモ》、すっかり《ガラリ》ど金持《カネモチ》になったもんだな。

ちよ　そーやんけ。あてなどは河内弁を二十個は売ったんやで。

たね　あたしは四十個は売ったよ。

虎三郎、皿をたねに突き戻して、

虎三郎　こんなもの《コダノ》、いらん《エラネ》。

加津　お静かに。

虎三郎　（たねの襟を掴《つか》んで井戸端近くへ連れ出して）よろしい《イイカ》、今日は言ってやるぞ《ユッテヤッツオー》。おたね婆《バッパ》よ、お前《ウヌ》は「佃煮」という《ツー》言葉を十銭で売ったな。だがしかし《ソーダゲンジョモ》、だれに許《ユル》し《ス》をもらって売った《タガ》のだ。「佃煮」という《ツー》言葉を使っている《エル》東京下町の人《シ》達《タチ》全員の許し《ユルス》をもらったのか。

たね　そんなことできるわけないだろ。元《モト》お武家ってのは理屈っぽくて閉口だよ。

奉公人たちも外へ出てくる。

虎三郎　いいか《イイカ》、言葉ヅモノワ、人が生ぎでエグ時《ドキ》ニ、無《ネ》くてはならぬ《ナンネー》宝物《タガラモノ》ダベエ。理屈《リグツ》コネデ学問シルニモ言葉ガ無《ネ》クテワワガンネ。人《シト》と相談打《ブ》つのも、商い《アギネ》シルのも言葉ダ。人を恋シル時《ドキ》、人《シト》と仲良く《ナガエグ》シル時《ドキ》、人をはげまし人がらはげまされッ時《ドキ》、いつでも《エッツ》言葉が要《エ》ル。人は言葉が無《ネ》くては生きられない《イギランニエ》。そんなに《ソダニ》大事《ダエズ》な言葉を、自分一人の考え《カンガイ》で勝手に売ッ払ッてかまわない《サスケーネー》と思って居《エ》ンノガ。そんな《ソーダ》馬鹿な《バガナ》ゴドはあるものでない《アリャシニエー》。

弥平　（深々と頷《うなず》いて）おれァ公民シェンシェから十銭貰《もら》う毎《タンビ》、何だが胃がモダレダもんだたけが、道理《ドーリ》でなあ、その所為《シェー》だたのでガンスナー。あー、弁解の仕様がない《モースベキョーアネー》……。

たねたちも自然に下を向く。

虎三郎　いまごろ《エマシゴロ》わかったたて遅いべー、このばか《ウスラバカ》。お前たち《ウヌラ》は自分の生れ在所を売った悪党ども《アクトーメラ》だ。お前たち《ウヌラ》はソダニ大事《ダエズ》な言葉売る位《グレー》だ、そのうち《ウヅ》、親兄弟《オヤキョーデ》だって売るに違いネーべ。

ますます小さくなる奉公人たち。

修二郎　（観客に）まさに正論でギャーモ。

加津　（さっきから聞き耳を立てていたが、ついに見かねて板ノ間の先へ出てくる）虎三郎どの、お前様の申される条々《じょうじょう》、一々《いちいち》もっともでございます。けれども、みなさんとしても旦那様のお仕事をいささかでもお助けしようと思ってなさったこと。もうそれぐらいで許してあげてくださいまし。

この少し前、清之輔、筆を落してばったりと文机に顔を伏せてしまう。そこで光、

光　……加津どん。

加津　あ？　……はい。

ト団扇を振る。歌う奉公人たち。なお、歌の中で上手から庭へ重左衛門と公民が入ってくる。釣竿《つりざお》二本、草に通した鮒《ふな》三尾。

龍宮城《りゅうぐうじょう》を訪ねゆき
もてなし受ける浦島は
気はやさしくて　力あるなり

歌に奮い立ったか清之輔、顔をあげたばかりか、数十枚の半紙を抱きしめて持って立ち上り、よろよろふらふら茶の間へ歩み出て、

清之輔　デケタ！　デケタでアリマスヨ！

ト坐り込んでしまう。光、夫の手をとって撫《な》でさすりながら、

光　ハー、お疲れでしょう《エラカッタノー》、あなた《オマンサー》。

公民　（半紙の束を持ち上げて）ヨーオキバリヤシタナー。（読む）『全国統一話し言葉語林集成』？　これは字引《じびき》ドスナ。

清之輔　（頷いて）普段《ふだん》の生活《くらし》にどうしても《ドネーシテモ》必要ジャと思わるる言葉を八百八十八語、集めたものでアリマスヨ。

公民　八百八十八語……？

清之輔　八《はち》は末広がりのめでたい数《かず》。その八を三つ重ねたわけでノータ……。

公民　それはエエ心掛けドシタナー。

清之輔　だから《ジャケー》、きっと《ゲンメツ》うまいこと行くと思ッチョル。サテ、この八百八十八語の内

訳は、右の会話の間に奉公人たちと虎三郎は板ノ間に坐る。そして上座の話を謹聴。

なお加津は修二郎に身ぶりで、記念写真の支度を言いつける。

清之輔　京言葉、東京山ノ手言葉、鹿児島言葉、そして山口言葉《ヘテカラ》がそれぞれきちんきちんと二百語ずつ。残りの八十八語に高知言葉以下の六つのお国訛り、そして若干の賊軍言葉の言い換えを嵌《は》め込んだでアリマスヨ。つまり、あの維新論功行賞を生き写しにしたわけでアリマスノー。

公民　エライ立派《ハクイ》なお仕事をしやはりましたなあ。それやったらどこからも不平不満の文句《ヒナズ》は出えしまへんヤロ。

重左衛門、公民から婿《むこ》どのの労作を受け取りながら、

重左衛門　メデタカ。大仕事《フテコッ》をしたもの《シャシタ》だ。

加津　旦那様《だんなさま》のお仕事ぶりにはつくづく頭がさがりました。

たね　これからは奥様に、これまでの埋め合せ《イレアワセ》をしてあげておくんなせー。
ふみ　クタバラネデスンデ、エーアンバエだたな。
修二郎　（写真機に種板を仕込みながら）ホントニヨー、セワシイヅメダッタデヨー、往生シヤシタナーモ。
ちよ　その字引で役所の偉《エラ》いさんどづき倒してやらんかい。
弥平　明日《アスタ》がら旦那様《サノシェ》乗せで御役所まで人力車引ゲルのは《ナー》よかった《エガッタ》。
虎三郎　ひどい《ヒデー》目にあったな。

一同、ちょっとギョッとなる。なお重左衛門だけは異様な熱心さをもって例の字引を読んでいる。

清之輔　たしかにエライ目に遭《あ》い申したでアリマスヨ。正直にユーテ、最初《ノッケ》は、全国統一話し言葉の制定など二、三日もあれば、容易《ヤスク》に出来るジャローと甘く見チョッタ。ところがいざ手をつけてみると飛んでもネー。なによりもお国訛りちゅーものは、その土地に生れ育った人間とまことにしっかり《ネシコク》と結び付いとるものなのジャノー。言《ユー》うたらお国訛りとその土地の人間とは夫婦《ツレアイ》のヨーなものでアリマスヨ。これをむりやり《ヤミクモ》に夫婦別《イキワカ》れさせると血の雨が降る……。

修二郎　縁先に並んでオクレヤースバセ。

一同、並ぶ。重左衛門は字引を離さない。

公民　（皆と並びながら）ホンマドスナ。ひとつマチゴーたら維新戦争の二の舞ドス。

清之輔　（ひょろひょろしながら坐って）同感ジャ。

公民　維新戦争は言《ユー》うたら玉《ギョク》、天子様の取り合いヤッタ。ところが今度は言葉の取り合いで戦さが起りかねん。

清之輔　同感ジャ。

修二郎　レンズの蓋《ふた》、取りやすゾェーモ。

一同、写真機を見つつ動かなくなる。

修二郎　へー（ト蓋を外し）蓋を取りやした。一、二、三、四、五……（観客に）今度こそうまく行く。誰でもそう思うでしょー（尻上《しりあが》りに発音）。わたしもそう思うでナーモ。

ところが重左衛門がぶるぶる震えている。愕然《がくぜん》となる修二郎。一同も横目で重左衛門の様子を窺《うかが》う。ついに重左衛門が立って渾身《こんしん》の力をふりしぼり、

重左衛門　けしからん《ジュモネ》！

一同、驚いて散らばる。修二郎は写真機かついで成行きを気にしながら上手に入る。

重左衛門　これは《コユ》エコヒイキ《エコヒッ》の塊り《ゴロッタン》ジャ。明日《アシタン》の朝《ツイ》まで書き直せ！　あつかましい《コン・ダッキヨッ》ぞ《ラ》！

清之輔　どこがエコヒッ、エコヒイキでアリマスカ。その字引にはちょうど二百の鹿児島言葉が入っちょる。京言葉も東京山ノ手言葉も、へてから山口言葉も同じく二百、まことに公平ではアリマセンカノー……。

重左衛門　たしかに数は合っている《アッチョッガ》。しかし《ジャドン》中味はどうしようもない《バッタイナラン》字引《ジビッ》ジャ。

清之輔　バッタイナラン……、どうしようもない……？

重左衛門　ここのところを《ココントコヲ》見ろ《ミテミャィ》！

字引の束を縁側に叩《たた》きつけるように置き、ゲンコツでがんがん打って、

重左衛門　よく見るがいい《ヨーミテミャィ》！

清之輔　その字引を粗末に扱うことは許サレン！

重左衛門　このようなもの《コゲナモン》、字引《ジビッ》ジャナカ。これは廃物《クッサレモン》の紙屑《カンクッ》ジャ。

清之輔　そしたら《ヘータラ》御上《オンジョ》は腐れ爺《クッサレオンジョ》ジャ！

睨《にら》み合う父と夫との間に身を投げ出すようにして、

光　アッゼノサン（困り果てたときの間投詞）……！　情けない《ナサケンナガ》……。見苦しい《ミグルシカ》……。大人げのない《コドンノヨナ》……。つまらない《ナントンシレン》……。喧嘩は役に立たない《イサケワヤッセンモハンガ》のに！

重左衛門　うるさい《ヤジョロシカ》！　お前らには《アッコタチニャ》分らん！

清之輔　光、引っ込んジョレ！

加津、光の介抱を、たね、ちよ、ふみの三人にゆだねて、キッパリと中央へ進み出る。

加津　出過ぎた振舞いであることは重々承知の上で、議論の調停役をつとめさせていただきます。この世がいかに殿方のものとは申せ、理由もなく奥様を悲しませてよろしいものでございましょうか。

重左衛門　理由はアッド！

清之輔　オウ！　わしはあなどられちょったんジャ。ここで引き下るわけにはイカン！

加津　(頷《うなず》きながら字引を引き寄せ)これが争いごとの火種でございましたね。(読み上げる)「生れる」「育つ」「読む」「書く」「聞く」「話す」「考える」「つくる」「出世する」「好む」「恋する」……。

公民　どれもこれも立派な言葉ドスナ。どれひとつみても、人が日に何度となく使うタイセツな言葉でオマスワ。

重左衛門　ソイナラ、ここのところはどう《ココントコイワドゲン》ジャ。

トその半紙の後半部分を指でとんとんと突く。

加津　（読む）「鹿児島言葉カラハ以下ノ二百語ヲ採用ス」。……結構なことではございませぬか。

重左衛門　バカタン！　どんな《ドゲン》言葉が並んでいるか《ナランジヨットカ》、それ《ソイ》が問題ジャ。（怒りをおさえてはっきりと読み上げる）「ダマカス」！

加津　「だます」……、でございましたね。

重左衛門　「マクッ」！

加津　「負ける」……？

重左衛門　「シツコノ」！

加津　……？

重左衛門　「シツコノ」！

たね　「しつこい」……？

重左衛門　（強く首を横に振って）「シツコノ」！

そこへ修二郎が印画紙をもって入ってきて、

修二郎　しくじり、しくじり、またしくじり。

重左衛門　それジャよ《ソイジャガ》。

加津　「シツコノ」とは「しくじる」という意味でございました。なるほど……。

重左衛門　「カタビッ」！

ふみ　「傾く《カタブク》」だたけもな。

重左衛門　「オッツ」！

ちよ　「落ちる」やんけ。

重左衛門　「ケッサルッ」！

弥平　「腐る」……。

重左衛門　「チュヂュン」！

公民　「縮む」でおましたな。

重左衛門　「オットッ」！

虎三郎　「盗む」だたかナイ。

重左衛門　「ケシン」！

太吉「トゥ・ダイ」……。
重左衛門「ケシン」！
光（「死ぬ」という身振り）
加津「死ぬ」……？
重左衛門（ついに泣いて）「ナッ」……。
加津「泣く」。すこし様子がのみこめてまいりました。
重左衛門（涙声で）「キツン」！
加津「便秘する」。つまり鹿児島言葉から選ばれたのは、いやな場面、つまらぬ場面、
　暗い場面で使われるような言葉ばかり……。
重左衛門（頷いて読み上げつづける）「ケナブッ」！
加津「馬鹿《ばか》にする」。
清之輔　そのような《ソレイナ》ことはネーがノー！
重左衛門「バルッ」！
加津「ばれる」。
清之輔　偶然ジャガノー！
重左衛門「チョロマカス」！

加津「ごまかす」。

清之輔　誤解ジャ。他の個所《ところ》には鹿児島言葉の立派なものがイッペーゴト入ッチョル！

重左衛門　もう何《ナイ》も言《ユー》うな。（天を仰いで）これも《コイモ》運命だったのだろう《デゴアシチヨロ》。わしらは《オイドンタチャ》、明日《アシタ》、鹿児島へ帰る《カゴツマセーモドッ》。

重左衛門、字引を持ったままスーッと立つ。

重左衛門　光。お別れをせよ《イトマゲヲセ》。

手にした字引を清之輔に叩きつけようとして動作をとめ、次にもっと凄《すご》いことをする。真っぷたつに破いてしまったのである。

清之輔　（思わず）このクッサレオンジョ……！

ト立ち上ったところ重左衛門、手刀で清之輔の面を打つ。

重左衛門　チェスト！

清之輔のびる。徹夜がひびいてもいるのである。重左衛門は上手へ入る。

光　オンジョ！　……オンジョ。

加津、光に御上《オンジョ》をなだめるようすすめる。そこで光も父を追って上手に入る。修二郎と弥平、加津の指示で清之輔を座敷に担《かつ》ぎ込む。女たちと太吉は散らばった字引を掻《か》き集め、

たね　皆で手分けして糊《のり》で貼《は》っ付けようじゃないか。

ふみ　んだな。破《ヤブ》ゲタママ御役所さ持って行《エ》グッーわげには行《エ》がねものな。

ちよ　ソヤデェ。

虎三郎　ヤメロ、ヤメロ、ソーダコト、ヤメロテバ。やればやったたけ無駄ミタエナモンダゾイ。

ちよ　なんやとォ？

虎三郎　お前《オメエー》さんたち《ダヅ》、只今《エマシ》の口争い《クヂアラソイ》、見で居《エ》ナガッタノガ。御隠居《オジンツアマ》ど清之輔さの間さ、血の雨が降ったベイ。文部省がソーダモノ日本中さ配ッテミロ、今度《コンダア》は日本中さ血の雨が降っぞ。

公民　（さすがにしみじみと）ホンマドスナー。維新のときのようなイカイ戦さがまた始まりますがな。

たね　それじゃさ、「だます」とか、「負ける」とか、「死ぬ」といった気色悪い言葉を、他のお国訛《くになま》りから採ったらどうだね。

虎三郎　同じ事《オンナジゴド》だ。

公民　ホンマ。つまらない《ショーモナイ》言葉を採用された土地の衆が、さっきの御隠居はんのように頭《オツム》からアチチカンカンの湯気立てて怒らはりマッセー。

たね　たしかに《アタリー》。

虎三郎　何もしないのがいい《ブンナゲデオゲバエー》。言葉もてあそぶ《エッググル》ガラ、悶着《もんちゃく》が起ぎんのだ。言葉はエヅグッテワ、ワガンナイ。成行《ナリイギ》さ任せるのが一番《エッパン》だ。

座敷から加津たちが出てきていて、

加津　けれど言葉をいじるというのが旦那様のお仕事なのでございますよ。いじくらぬわけには行きますまいが。

公民　（半分、自棄《やけ》で）いっそもー、新しいお国訛りを拵《こしら》えたらドナイデッシャロナ。新しい御代《みよ》の新しい言葉、それを拵える方がもっと《イッチ》も話が早いのやオマヘンカ。

加津の目がピカリと光る。

加津　新しい言葉……！

清之輔、這《は》い出してくる。

清之輔　それは《ソリャ》エーノー。

一同びっくり。

清之輔　新しい言葉ならだれからも不平不満は出んジャロー。ジャガノー、どうしたら新しい言葉が作れるのでアリマショーカノ。（少し頭の回転がおかしくなっている）わしはぜひとも全国統一話し言葉《ゼンナクドーデモ》を拵え上げなければナランノデアリマスヨ！　それがわしの仕事ジャ……。
虎三郎　清之輔さ、もう少し休め《エマット》……。
清之輔　わしゃ手ぶらで役所へは出掛けられん！
加津　新しい言葉をどうつくるか。そのこつはおたねさんがよく知っておいででございますよ。
たね　（怯《おび》えて）お加津さま、読《よ》マン書《か》カンの飯炊婆《めしたきばば》をとっつかめーて何を言うんだよ。
加津　いいえ、おたねさんは吉原のオイラン言葉におくわしいではございませんか。おたねさんはいつも、オイラン言葉はバカやさしい、と申されておりましたね。
たね　ヘエ……。
加津　ザンス、ダンス、ナンスとなにからなにまで「……ンス」で用が足りる、と申されてもおりましたね。
たね　（すこし乗って）ソーザンス。なにからなにまで「……ンス」で用が足りるダンス。おわかりナンスエ？

全員、あっけにとられている。清之輔は興味津々《しんしん》といった表情で喰いつくようにたねを見ている。この全体を加津がにこにこして眺めている。

たね　今の「おわかりナンスエ」の、「エ」は、ものを訊《き》くときに付ける符牒《ふちよう》ザンス。

清之輔　たいへんおもしろい！　ソイテたねやん、吉原のオイラン言葉に字引はアッチョッタカ。

たね　字引の代りにひとつだけ規則《きまり》がありましたザンス。「できるだけだれもが知っていそうな言葉を選び出し、それを癖のない言い方で言うこと」。

清之輔　癖のない言い方ジャト？

たね　ものの言い方、声の出しようは山ノ手言葉に似せなさい、ということでザンシヨネ。

清之輔　だれもが知ってそうな言葉……。（フワーッと立って）癖のない言い方。そして「……ンス」。イカニモ……！

ト文机の前に正座し、宙を睨《にら》んで墨を磨《す》りながら、

清之輔　もう一日、日があってくれちょったらエーガノー……。もう一日……。

そこへ重左衛門が光に手を引かれて入ってきて、

重左衛門　清之輔、鹿児島《カゴツマ》へ帰るのは《セーモドッノワ》一日延ばしたぞ《ヒノベシタトヨ》……（清之輔の様子におどろいて、言葉がつづかなくなる）。

光　……オマンサー！

暗くなる。その寸前、ちよが下手に向ってかなりの速度で走り出している。スクリーンに「7」の失敗写真。

8　清之輔が文明開化語を実験した夜

「7」の翌日の夜更《よふ》け。茶ノ間にランプがひとつ。清之輔、端座してじっと刀を

睨《にら》んでいる。下手から加津が入ってきて、

加津　お言い付けどおり長屋の虎三郎どのに声をかけてまいりました。……お酒の支度でもいたしましょうか。

清之輔　酒も茶も要《い》るヌ。夜更けにごくろうさまス。部屋へ下《さが》って早く寝るセ。

加津　はい。アノー、お口の動きが、すこし心もとない気がいたしますが、少々お疲れなのではございませぬか。昨日の午後、新しい言葉をつくろうとお思いあそばしてから、ずっと一睡もなさっていないようにお見受けいたします。夜更《よふか》しはお毒でございますよ。

清之輔　ありがとうス。しかし心配は要るヌ。

加津　……はい。

清之輔　そうそう、ちよやんはまだ戻るヌカ。

加津　はい。昨日の午後飛び出してそれっきり、なにひとつ音沙汰《おとさた》ございませんが。

清之輔　ウム。大阪へでも帰るタカ。

加津　さあ……。

清之輔　まあよいス。下るセ、ドーゾ。

加津　では、オヤスミアソバシ。

加津、首をひねりながら自室に入る。

そこへ虎三郎登場。

虎三郎　いまごろ《エマシゴロ》何の用だベイ？

清之輔　（手招きしながら）これは南郷家に伝わる刀であるス。これを十円で譲るス。よく見るセドーゾ。

虎三郎　はて《ハデ》、あなたの《コナダァ》口《クツ》のききよう《キギヨー》がオガスーナ。「見る・セ・ドーゾ」どは、どこのお国訛《くになま》りだ？

清之輔　買うカドーゾ。買うセドーゾ。

虎三郎　その口のキギヨー、どうも気に入らない《キインネーナ》な。

小首を傾《かし》げながら、懐紙を持ち添え、刀を拝見。

虎三郎　ウーン、いい《エー》刀だこと《ダーゴド》。

清之輔　では買うセ。わたしは売るス。

虎三郎　よし《エイベ》。貰《もら》うべ。

清之輔　(思わず膝《ひざ》を叩《たた》いて)文明開化語はなかなか役に立つス。

虎三郎　(刀を鞘《さや》に収めていたが、「ウン?」となって)……文明開化語?

清之輔　ハイス。只今《ただいま》、完成したばかりの、まったく新しい全国統一話し言葉であるス。

トふところから半紙を一枚取り出して、うやうやしく手渡して、

清之輔　規則はわずか九《ここの》つであるス。

虎三郎　(読む)「全国統一話シ言葉　文明開化語規則　九ケ条　文部省学務局四等出仕南郷清之輔考案」……。

清之輔　明日、田中閣下に提出するス。

虎三郎　(読む)「作用《シワザ》ノ詞《コトバ》ハ一切ソノ活用《ハタラキ》ヲ廃シ、言イ切リノ形ノミヲ用イルコト」

清之輔　たとえば「話す」という作用の詞があるス。これを東京山ノ手では、「話サナイ、話シマスル、話ス、話ストキ、話セバ、話セ」と活用《ハタラカ》すス。この活用《ハタラカ》す時に、

訛《なま》りというものが忍び込むス。そこでわたしのこの文明開化語では、作用《シワザ》の詞《コトバ》の活《ハタ》用《ラキ》、活用《かつよう》を禁じるス。作用《シワザ》の詞《コトバ》はすべて言い切りの形で使うス。わかるスカ。わかるセドーゾ。

虎三郎　ふーん（ト考えてから次を読む）「文ノオシマイハ言イ切リノ形ニ『ス』ヲ付スコト」。これはおれにもわかるス、ど、こうやるわけ《ワゲ》だな。

清之輔　（じつにうれしい）はいス。そうス。

虎三郎　（読む）「言イ付ケルトキハ文ノオシマイニ『セ』ヲ付スコト」。

清之輔　（手招きして）来るセ。（追い払う仕草）行くセ。わかるセ。

虎三郎　わかるス。

清之輔　（うれしい）早く次を読むセ。

虎三郎　（読む）「可能ヲ表ワサントスルトキハ文ノオシマイニ『……コトガデキル』ヲ付スコト」。これもわかるス。わかるコトガデキルス。

清之輔　（むやみにうれしい）はいス。そうス。だれにでもわかるコトガデキルス。

虎三郎　（読む）「否定セントスルトキハ文ノオシマイニ『ヌ』ヲ付スコト」。

清之輔　その刀、十円で売るス、しかし五円では売るヌ、と、こう使うス。

虎三郎　わかるヌことはあるヌス。やさしいであるス。

清之輔　（やたらにうれしい）そうス。

虎三郎　（読む）「過去、及ビ未来ヲ表ワサントスルトキハ、文ノオシマイニソレゾレ『タ』及ビ『ダロウ』ヲ付スコト」。これもわかるタス。今日わかるヌとしても明日はわかるダロース。

清之輔　（うれしくてしのび泣き）……。

虎三郎　（読む）「モノヲタズネルトキハ、文ノオシマイニ『カ』ヲ付スコト」。これもわかるコトガデキルタス。（読む）「丁寧ノ意ヲ表ワサントスルトキハ、適宜《てきぎ》『ドーゾ』ヲ用イルコト」。

清之輔　はいスドーゾ、そうスドーゾ。

虎三郎　（読む）「語彙《ごい》ハ誰モガ知ッテ居ソウナ言葉ヲ用イルヨウ務ムルコト。物ノ言イ方、声ノ出シヨウハ東京山ノ手言葉ヲ手本トスルコト。以上」……。

清之輔　これなら小学の児童でも簡単におぼえるコトガデキルダロース。

虎三郎　あなたの《コナダアノ》熱心さ《ネッツイノ》には《ニワ》ホントニ頭がさがる《アダマアサガル》。だがしかし《ソーダゲンジヨモ》、あなたの《コナダアノ》新しい《アダラスイ》言葉は実際《ズッセエ》の生活《クラシサ》に役立つだろうか《ベガ》。実際《ズッセエ》の生活《クラシサ》に役立ってこそ言葉といえるのだが《イエッペドモ》……。

清之輔　だからこそあなたに刀を売り付けるタ。文明開化語で売り付けるタ。そしてあなたは刀を買うスと言うタス。わかるカドーゾ。文明開化語でものの売買をするコトガデキルタス。

虎三郎 ソーシット、刀を売るツーナー文明開化語の実験《ズッケン》ダタノデアッカイ。

清之輔 はいス。

虎三郎 道理《ドーレ》でアンマレ安《ヤ》すスギット思った。

清之輔 許すセドーゾ。

虎三郎 (刀を返しながら) 清之輔さ、あなたは《コナダアワ》もっと実験すべきだね《エマットズッケンスタホーガエーベ》。

清之輔 そうスカ。

虎三郎 そうス。文明開化語で喧嘩《けんか》がデキッカ。女子を口説けるか《オナゴバクドケッカ》、そういうことを《ソーユーゴドバ》もっと試した方がいい《エマットタメスタホーガエエベ》。

ト虎三郎立つ。

虎三郎 文明開化語で強盗《ニスト》デギッカナ。デギレバ本物だけれどもよ《ホンモノダゲンジョモヨ》……。

清之輔 はァ……?

虎三郎 否《エヤ》、こっちの事《ゴド》だ。(清之輔をじっと見てから) では、アンバア。

ト足早やに退場。

清之輔　（その背中へ）御助言に感謝するスドーゾ。（立ち上って、そのへんをぐるぐる回りながら）文明開化語で喧嘩するコトガデキルカ、口説くコトガデキルカ……。

このとき、重左衛門が上手から這《は》うようにしてやってきて、

重左衛門　清之輔、困ったことがおこった《ヤッケナコトガトイヨセタ》！　この《コン》南郷家の守り刀《カツナ》が盗まれた《オットラレタ》。もう《モウ》だめだ《ヤッセン》。

清之輔、ニターッと笑う。

重左衛門　とうとう《ゴロイト》南郷の家《ヤド》は潰れ《ツブレ》ッシモタガ。

清之輔　さわぐヌ、御上《オンジョ》。刀ならここにあるス。

重左衛門　オオ！（ト刀を抱き、それから探るように清之輔を見て）ソイドンカラ、どう《ナイ》

して《ゴテ》、刀がここにあるのだ《カツナガコゲントコニアットカイ》？

清之輔　南郷家の当主はこのわたしであるス。家の守り刀が主人の手許《てもと》にあるのは当然であるス。文句があるカドーゾ。

重左衛門　この生意気な《コンキシクサツナ》……。

清之輔　（庭におりながら）それに、この文明開化の世の中にカタナ、カタナとさわぎたてる御上《オンジヨ》の気持もわかるヌ。刀は古道具屋に売るセ。

重左衛門　（低く唸《うな》って）そこに直れ《ソコイナオレ》。叩き斬ってやる《タタッキックル》！

清之輔　御上の腕でわたしを斬《き》ることができるかドーゾ。

重左衛門　（庭へ飛び降り）この人を馬鹿にする者め《コンケナブイモン》……。

清之輔　斬るセドーゾ。

重左衛門　ウヌ……。

睨《にら》みつける舅《しゆうと》。会心の笑みを浮べている婿《むこ》。どこか妙な対峙《たいじ》。そこへ公民、徳利《とつくり》を抱いて入ってくる。

公民　（庭の二人に気付いてギョッとなり）……寝酒をマメクソほどいただこう思いまし

てナ……。（刀を見て）またドスノンカ、舅と婿の口争いはもうカナワンワ。（庭に降り、仲裁に入って）お光さんが可哀想《かわいそう》やオヘンカ。

重左衛門　ソイドンカラ、この奴めが《コンワロガ》……。

公民　分ってます。御上はんのお気持、このわてがヨー分ってますサカイニ……。

　清之輔、またもニヤリとして、

清之輔　公民先生の本当の狙《ねら》いは何であるダロースカ。ただの居候《いそうろう》カ。あるいはお光に惚《ほ》れる色事師か。教えるセドーゾ。

公民　これはイカイ侮辱ドス！　御上はん、その刀、あてに貸しとくんなはれ。あて、この人と刺し違えて死にますサカイ。

重左衛門　まあ、ヨカヨカ……。

　重左衛門、逆に公民をなだめて、

重左衛門　清之輔の物言《ン》いのワケガワカラン。おそらく酔っているのだ《ナンデンヨッチヨットヨー》。

ト公民を引き立て上手へ、

公民　京の公家《くげ》を甘う見たらアキマヘンデェ……。

ト退場するが、このとき女中部屋の戸がそーっと開いて、ふみが目をこすりながら顔を出す。

ふみ　今の声、ナンダベナ……。
清之輔　（板の間に上って）ふみやん、こちらへ来るセ。
ふみ　（身仕舞いしながら出てきて）あ、マンマだな。旦那様《だんなサー》、お腹《ボンポコ》へったンだネハ。
清之輔　ここへ坐《すわ》るセ。
ふみ　はい《ゥ》。
清之輔　ふみやんはいつからこの屋敷にいるカ。
ふみ　もう少し《チヨビット》で一年《エツネン》だこんだ。
清之輔　（思い入れて）長い一年であるタス。

ふみ　おらにはアッどいう間《ユーマ》だたべもな。

清之輔　……眠るヌ夜が続くス。それで長く、長く感じるス。

ふみ　旦那様《サー》、今夜《コンニャ》は妙に《ヘンチクリンニ》、訛《ナマ》ってっじょ。

清之輔　なぜ、眠るヌ夜が続くカ。

ふみ　どうして《ナシテ》だべ。

清之輔　ひとりの娘の顔が目の前に浮ぶス。するともう眠るコトガデキルヌ。ふみ、助けてくれるセ。（膝《ひざ》を進めて迫る）ふみは粋《いき》な黒塀《くろべい》見越しの松の一軒家に住むダロース。ふみはその一軒家の女主人《アルジ》になるダロースドーゾ……。

ふみ　（アッとなって）旦那様《サー》は、おらば口説いているのか《クドイデエンノガ》。

清之輔　（じつにうれしそうに）そうス。分るカス？

ふみ　分るどごろではネー！　おら、呆れ《アギレ》だ！

このときまで、虎三郎を除く全員があちこちから顔を出し、成行きをハラハラしながら見ている。なにかを感じて光が入ってくる。

光　どうしたの《イケンシタトナ》。

　加津が飛んで行って光を押し戻そうとする。

加津　奥様、お部屋でお待ちになっていてくださいまし。

光　どうして《ナイゴテ》……！

加津　じつは旦那様がふみさんをお口説きあそばして……。

光　アラヨー……！

　光、ふらふらとなる。加津、光を抱きとめる。そこへ妙に晴ればれした表情の清之輔が近づき、加津にかわって光をしっかと支え、

清之輔　光、許すセ。ふみやんも許すセ。今のは、すべて文明開化語の実験であるスタ。新しい言葉で女子《おなご》を口説くコトガデキルカ、その実験をするスタ。アー、今、わたしの話しているのが、その新しい言葉、文明開化語であるス。みんな、わたしの話す言葉、分るスカ。分るセドーゾ。

一同、かすかに頷《うなず》く。

清之輔　御上様《オンジヨサー》に公民先生、お二人に喧嘩を売る、それも実験であるスタ。許すセドーゾ。……光、今夜は光の部屋で寝させてくれるセドーゾ。

ト清之輔、光の肩を抱きながら上手に入ろうとし、それを呆然《ぼうぜん》と一同が見送るうちに照明《あかり》が落ちる。スクリーンに、たとえば「琴をひく光と、それを聞く清之輔」の写真。はっきり写っているのは琴ばかり。二人の像は五重、六重の失敗写真。

エピローグ

「8」の翌日。午後はやく。加津がお勝手の大戸棚から二ノ膳《ぜん》を出し、拭《ふ》いている。ほかにはだれもいない。なお、修二郎の写真機が例によって縁先に向けて設置されている。

下手からちよがふらふらと登場。井戸に寄って水を飲む。加津、その音に気づいて、

加津 ……ちよさん!

ちよ、にっこりする。しかしどこか淋《さび》し気《げ》。

加津 一昨日《おととい》からこの方《かた》、どこでどうしておられたのでございますか。お出かけのときは行く先を言っていただかぬと……。

ちよ 行く先を言《ユ》うわけには行かへんかったんやい。

加津 なぜでございますか。

ト庭に降りて手拭《てぬぐい》などを貸してやる。

ちよ　行く先は文部省のエライサン、田中不二麿のとこやったんや。

たねとふみが下手（裏木戸）から帰ってくる。買出しの帰り。手に徳利（三本）、野菜、魚。お供の太吉は米一俵担《かつ》いでいる。

加津　（ちよの言葉に肝を潰している）田中閣下のところ……?!

ちよ　行く先ユータラ、みなに止められたんとちがう《チヤウノケ》?

加津　どうしてまたそのように途方もないことを……。

ちよ　一昨日《オトツイ》、旦那はんが、「もう一日、日があってくれちょったら」と言う《ユー》トッタ。血を吐きさらすような声やった。ホイデ、あては田中不二麿ンとこへ掛け合い《カケヤイ》に行ったんや。

加津　それで……?!

ちよ　男の目引く《メエヒク》ように精出して《セエダイテ》めかし込んで、夜、田中不二麿のとこへ乗り込んでやったわ。「田中はん、あては名乗るほどの者やない。けど隠すほどの名前でもないよって言う《ユー》とくけど、南郷清之輔はんにエロー世話になっとる者で、ちよいいますんや。南郷はんに一日、日をくれてやらんか。南郷はんにほんの少し《チヨボット》やさしくしてやらんか。ただでもの頼むのやないで。あて、カダラで話つけにきたのや」。ホイデあては着物《おべべ》を脱いで、「田中はん、やれっちゅーたらハヨやらんかい」、気合《キャイ》いかけてやったわ。

加津たち、ちよの心根に打たれる。

ちよ　けんど、田中のねじけ者《コンジヨワル》、せせら笑い《ヘヘラワライ》しくさってこう吐《ヌ》かしおったわ。「せっかくじゃが、わしにはもっとベッピンのお妾《めかけ》がオルがネー」。そこへ書生どもがドヤドヤッとかけつけてきよって、今度は書生部屋へ引きずり込まれて……。

加津　ちよさん！

ちよ　かめへんかめへん。あてやったらアホやさかい、たとえ死んでもかめへん。

たね　さ、部屋でおやすみ。

ふみ　玉子のんで元気つけろ。

ちよ　すんまへん。そうや、田中の書生の一人がこないなこと言《ユー》うとったわ。「昨日限りで、文部省から学務局がなくなった」とな。

加津たち、「エッ?!」となる。ちよ、玉子を額でコチンと割って呑《の》み、女中部屋に入る。そこへ上手から、光、重左衛門、公民。庭を通って修二郎。

公民 今、門の前で清之輔はんのお帰りを待っておりやしたらな、八つか九つぐらいの子供《チッコベ》が、こないな結び文を届けに来たんドス。

修二郎 その子の言うにはヨー、四谷のポリス屯所《とんしょ》の前《ミァー》で遊んどったら、屯所の窓かられが落ちてきたそうデヤワ。

光 加津どん、虎三郎どんは巡査《ジュンサイ》に捕まったそうです《ソイジャガナー》。

加津 虎三郎どのが巡査に……?

光 ジャッドヨ……。

加津、すこしふらっとなるのを、光が支えてやる。

重左衛門 加津どん、とにかくハヨ読ムガヨカドー。

加津、公民から渡された虎三郎の結び文を読みはじめる。

加津 ……「前略。文明開化語にて押込み強盗が出来るか否《いな》かを試《た》めさんと、本日未明、四谷の某官員邸宅に押入り候処《そうろうところ》、やはり文明開化語にては普段の迫力を欠き、思わず怯《ひる》むところを、急を聞き駆け付けしポリス数名により御縄を頂戴《ちょうだい》つかまつり候段《そうろうだん》、まことに面目なき次第に御座候。屯所の壁を眺めつつ、つらつら思うに、万人の使用する言葉を、個人の力で改革せんとするはもともと不可能事にて候《そうら》わずや。……

女中部屋からちよが出てきて聞いている。

加津 ……万人のものは万人の力を集めて改革するが最良の上策にて候わずや。そのためには一人一人が、己が言葉の質をいささかでも高めて行く他《ほか》、手段は一切あるまじと思い居り候。己が言葉の質をいささかでも高めたる日本人が千人寄り、万人集えば、やがてそこに理想の全国統一話し言葉が自然に誕生するは理の当然に御座候。以上。四谷屯所ポリスの目を盗みつつ認《したた》む。会津ノ虎三郎」……。

トこのとき上手で弥平の、いまにも泣き出しそうな声。

弥平　旦那さ、の帰《ケエ》ってござらしたヤ!

光　加津どん、この手紙のことは《コンテガンノコツワ》しばらく《イットキマ》内緒。よろしい《ヨカコツ》?

加津　は、はい。

全員、出迎えのため、上手へ入る。
奉公人たちは庭を通って上手へ入る。
最後が修二郎で、

修二郎　ソーソー、種板《たねいた》、種板。

ト上手《かみて》際《ぎわ》の縁先から上って退場。ほんの一瞬だけだが、舞台、無人。清之輔の声がする。

清之輔　……御一新の前、わが国では三百の殿様が国境《くにざかい》を設けるスタ。お国訛りは、このせいでできるスタ。これは当時としては仕方がないスタ。しかし、田中閣下、御一新以来、国境はすべて取り払われるスタ。わが国はひとつの国になるスタ。そこで言葉もひとつにならねばならないス。

右の中で、まず上手から後ろ向きに光、重左衛門、公民が、なにかに押されでもしたように入ってくる。次に庭へ奉公人たち。弥平はべそをかいている。やがて土足のままの清之輔。最後に種板袋に両手を入れて修二郎が出る。みんな魂を抜かれたような表情。

清之輔　閣下、この南郷清之輔が考案するスタ文明開化語は、奥羽《おうう》の人びとにも、東海道、中山道《なかせんどう》、山陰山陽四国九州の人びとにもたやすく憶《おぼ》えるコトガデキルダロース。

ト自室に入って洋服の上に着物を羽織る。

加津　弥平どの、御役所で何があったのでございますか。文明開化語が閣下のお気に召さなかったのでございますか。

弥平 午前中たっぷりと怒られて居《ゴシェガレデエ》だ様《ヨー》でガマチャ。ソレガラ、学務局ツードゴが廃《ヤ》止《メ》になったドガデ……。

加津 学務局が廃止?

弥平 ハエ……。

加津 やはりそうでございましたか……。

弥平 旦那様《サー》のお机もネグナッタツーゴドデ、ハア……。

加津 お机もない?!

弥平 ハエ……。

光、清之輔にすがって、

光 あなた《オマンサー》、しっかりしてください《シッカイシャッタモンセ》!

清之輔 (抱き起して立たせ) 閣下、人は誰でも口という楽器を持つス。口は置き忘れるということは絶対にないス。持ち運びも便利であるス。保存も簡単であるス。こわれることもないス。修理することも要《い》るヌス。また口を失《な》くすということもないのであるス。（縁先に坐って、皆に写真にうつろうという仕草をしつつ）この便利重宝な口を小学教育に使うのは当然であるス。

一同は半分べそをかきながら清之輔を中心に並ぶ。

清之輔 そして口の訓練には唱歌、歌を唱えるのがもっとも効果があるス。
修二郎 （観客に）「小学唱歌集」の序文を唱えておりャースでナモ。
清之輔 この小学唱歌集は全国四百の小学校に通う児童のために編まれたもので、

修二郎、レンズの蓋《ふた》を取る。写真の中の像のようになる一同。以下の修二郎の声に合わせて強い照明が当って行く。

修二郎 （名古屋訛りを残して）旦那様は、二十年後の明治二十七年秋、東京本郷の東京瘋狂院《ふうきょういん》で死亡。弥平さんは東京瘋狂院雑役夫として明治二十八年まで勤務。以後の消息不明。奥様は五年後の明治十二年鹿児島で病死。御隠居様は三年後の明治十年、西南戦争に参加、田原坂《たばるざか》で戦死。公民先生と太吉さんは明治十六年に両国で行われた酒のみ大喰い競争に出場し、ともに急死。ちよさんとふみさんは、吉原へ飯炊《めした》きとして戻ったたねさんの口ききでオイランになり、間もなく三人とも消息不明。お加津さまは奥様に従って鹿児島へ赴き、向うで裁縫塾を興《おこ》されたとか。亡《な》くなったのは明治二十年とか聞いておりヤス。もう一人、会津の虎三郎さんは福島自由党の設立に参加、その後、官憲に追われて行方不明。そしてわたしは、写真を諦《あきら》め、東京の小学教師として一生を終えました。

ゆっくりと暗くなり、そこへ幕がおりてくる。

星あかり

文部省学務局四等出仕
南郷清之輔 作詞
チャールス・コンヴァース 作曲

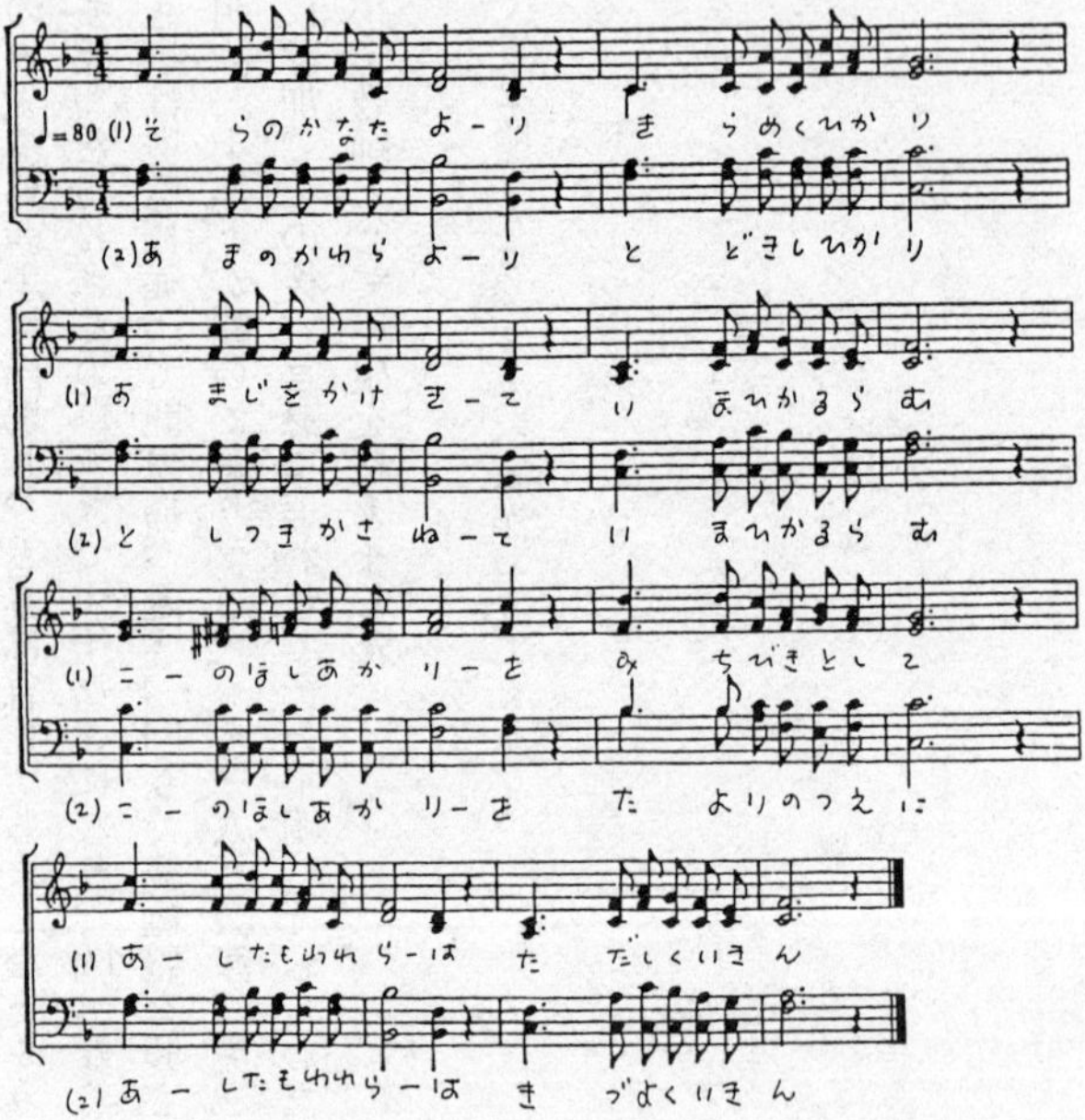

小學子守歌

作詞・南郷清之輔

フランス民謡

虹(にじ)

南郷清之輔作詞
フランス民謡

Andante possibile

同胞《はらから》の歌

南郷清之輔作詞
ベートーベン 作曲

三太郎《さんたろう》

(桃太郎・金太郎・浦島太郎)

南郷清之輔作詞
カトリック教会聖歌

(1) おにがしまを せーめーやーぶーり
(2) あしがらやま あーそーびーばーに
(3) りゅうぐう じようを たーずーねーゆーき
(1) おたからひく もーもーたーろーう
(2) けものけらいに きーんーたーろーう
(3) もてなしうける うーらーしーまーは
まーはやさーしーくて ちかーらあるなり

國語元年用「強盗」方言分布図
（明治初年当時）

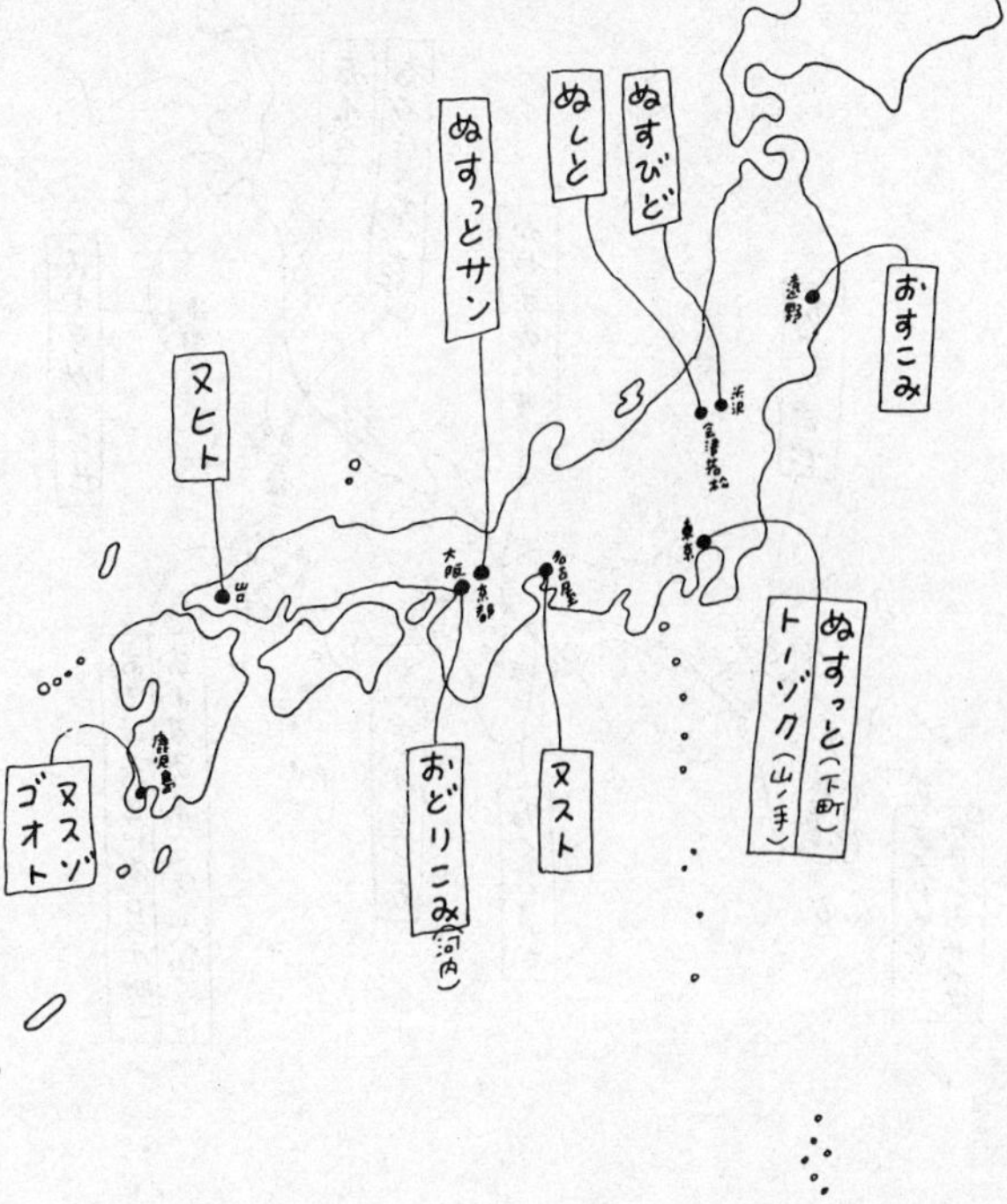

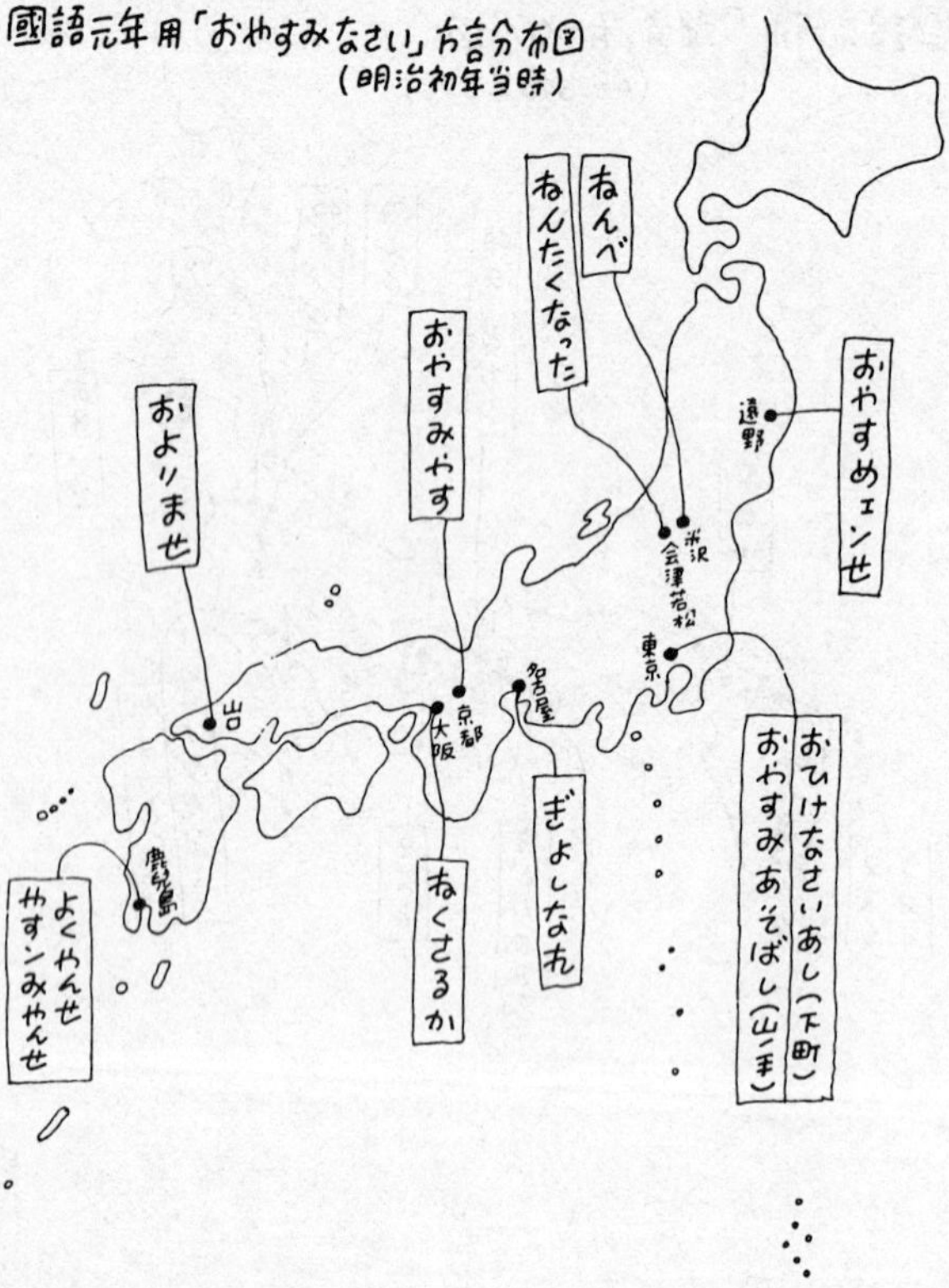
國語元年用「おやすみなさい」方言分布図
（明治初年当時）
ねんべ
ねんたくなった
おやすみやす
およりませ
おやすめェンせ
遠野
米沢
会津若松
東京
名古屋
京都
大阪
山口
鹿児島
おひけなさいあし（下町）
おやすみあそばし（山ノ手）
ぎよしなれ
ねくさるか
よくやんせ
やすンみやんせ

〔國語元年〕初演記録

こまつ座第五回公演。
一九八六年一月十六日から二月三日まで十九日間二十四回新宿紀伊國屋ホールで上演され、ひきつづき地方巡演。戯曲は一九八六年一月十五日刊「the 座」第五号に掲載された。

演出　栗山民也
音楽　宇野誠一郎
美術　石井強司
照明　服部基
音響　深川定次
衣裳　渡辺園子
振付　謝珠栄
歌唱指導　宮本貞子
宣伝美術　安野光雅
演出助手　波紫衛
舞台監督　矢野森一
制作　井上好子

配役

南郷清之輔　佐藤B作
南郷光　春日宏美
南郷重左衛門　下條正巳
秋山加津　三田和代
高橋たね　杉山とく子
御田ちよ　風間舞子
江本太吉　村山俊哉
簗館弥平　坂本長利
広沢修二郎　鷹尾秀敏
大竹ふみ　神保共子
裏辻芝亭公民　すまけい
若林虎三郎　夏八木勲

参考引用資料

俵田藤次郎・高橋幸吉『遠野ことば』(自家製)
上村良作『米沢方言辞典』　桜楓社
山形県師範学校編『山形県方言集』　郁文堂書店
喜多義男監修『山形県方言辞典』　山形県方言辞典刊行会
児玉卯一郎『福島県方言辞典』　国書刊行会
前田勇編『江戸語の辞典』　講談社学術文庫
斎藤秀一編『東京方言集』　国書刊行会
中村通夫『東京語の性格』　川田書房
湯沢幸吉郎『廓言葉の研究』　明治書院
湯沢幸吉郎『徳川時代言語の研究』上方篇　刀江書院
湯沢幸吉郎『江戸言葉の研究』　明治書院
真下三郎『遊里語の研究』　東京堂出版
山田秋衛編著『名古屋言葉辞典』　泰文堂
芥子川律治『名古屋方言の研究』　泰文堂
楳垣実『京言葉』　高桐書院
井之口有一・堀井令以知共編『京都語辞典』　東京堂出版

木村恭造『京ことばの生活』 教育出版センター
山中六彦『山口県方言辞典』 マツノ書店
岡野信子・白木進編『論集山口県方言の研究』 笠間書院
重本多喜津編『長門方言集』 国書刊行会
九州方言学会編『九州方言の基礎的研究』 風間書房
野村伝四『大隅肝属郡方言集』 中央公論社
黒木弥千代『かごしまの方言集』 春苑堂書店
渡辺綱鏘『鹿児島方言』 春苑堂書店
嶋戸貞義『鹿児島方言辞典』 国書刊行会
加治木義博『鹿児島方言小辞典』 南日本新聞開発センター
南日本新聞社編『かごしま弁』 筑摩書房
雑誌『方言』合本版（全十三巻） 春陽堂書店
東條操監修『方言学講座』（全四巻） 東京堂出版
柴田武監修・校閲（日本放送協会編）『全国方言資料』（全十一巻） 日本放送出版協会
小出浩平「日本唱歌の歴史」（金田一春彦・安西愛子編『日本の唱歌下』講談社文庫所収）
越谷吾山『物類称呼』 現代思潮社
『全国昔話資料集成』 岩崎美術社

解説

岡島昭浩

人々が藩境を越えて交わりだした幕末や明治初期、方言差が大きくて話が通じなかった、という逸話がある。明治初期の文部省で、そのような方言差を乗り越えることができる「全国統一話し言葉」を制定せよと命じられてもがく南郷清之《せいの》輔《すけ》の姿を描いた「國語元年」は、一九八五年の六月から七月にかけての土曜日に、NHK夜九時台の四十五分枠「ドラマ人間模様」で五回にわたって放映された。

南郷家自体が、多様な方言が使われている場所という設定になっていて、方言のセリフに字幕が当てられる手法は驚きをもって迎えられた。字幕が当てられると言っても、洋画の字幕のように逐一当てられるわけではなく、要所要所で当てられるのだが、これは新鮮であった。字幕だけでなく複数の方言が矢継ぎ早に繰り出されるという設定自体が従来のドラマにはないもので、方言自体が主役と言える前代未《み》聞《もん》のものだった。かつて方言はドラマに乗せられにくいものであったが（金水敏《きんすいさとし》・田中ゆかりほか

『ドラマと方言の新しい関係』笠間書院参照）、次第に乗せられるようになり、作者が恐る恐る提出した企画は、あっさり通ったという（井上ひさし・平田オリザ『話し言葉の日本語』新潮文庫）。

このテレビドラマの脚本は、中央公論社の「日本語の世界」（全十六巻）の第十巻に井上ひさし編『日本語を生きる』があり、これに収められた。六月下旬、放映中の刊行であった。これには、時代設定や人物設定に詳しい説明があった（テレビ版の脚本は、二〇〇二年に中公文庫に入った）。

舞台化されたのは、一九八六年の一月、こまつ座の第五回公演においてで、テレビドラマ放映の半年後のことである。公演時に出された『the 座』第五号に脚本が載せられているが、単行本としては、同年五月に新潮社から刊行された。一九八九年に「花子さん」「国語事件殺人辞典」を併せて（これらも言語にまつわる戯曲）新潮文庫に入った。また、『井上ひさし全芝居　その四』（一九九四、新潮社）にも、収められている。

さて、本書は、舞台版「國語元年」、一作品を収めたものである。読む脚本として楽しく読めるもので、読みながら吹き出してしまうこと、しばしばである。また、テレビや舞台では通り過ぎてしまうような言葉を立ち止まって味わうことも出来る。テレビ版と舞台版、大きな設定は共通するが、異なる部分もある。津軽弁話者の代わりに「ほぼ無口」で英語を話す人物が配されたり、江戸下町言葉を使う人物が二人居たのが一人減って大阪の言葉を話す人物に変わったり、である。また、「薩摩《さつま》弁」を「鹿児島弁」と、「山形弁」を「羽州米沢弁」と書き換える、などの手直しもある。読みくらべるのもまた楽しいのである。

舞台版では、テレビ版に加えて、唱歌に関することが加えられている。すなわち、南郷清之輔は「全国共通話し言葉」を選ぶ仕事を拝命する前に、唱歌取調掛《とりしらべがかり》で『小学唱歌集』を編纂《へんさん》したということになっていて、劇中、その唱歌が歌われるのである。この唱歌の追加は、単に作者の得意な音楽劇への改訂とだけ見てはならない。唱歌と国語の間には密接な関連がある。最後の場面、「口の訓練には唱歌、歌を唱えるのがもっとも効果がある」という言葉があり、これが、清之輔の編んだ『小学唱歌集』に添えられた序文の一節であることも明かされ、劇中で唱歌と国語の関係も示されているわけである（これより前の部分は、参考文献に記載の小出《こいで》浩平「日本唱歌の歴史」からの引用である）。唱歌と国語の関係については山東功《さんとういさお》『唱歌と国語』（講談社）に詳しいが、奥中康人《おくなかやすと》『国家と音楽』（春秋社）にも「国語と音楽」の章があり、そこでは、「主人公、南郷のモデルは（史実と異なるところはあるが）まちがいなく伊澤《いざわ》修二だろう」と言う。伊澤修二は、明治十二年に文部省で音楽取調掛となって「小学唱歌集」を編纂したり（国語の発音を意識させる歌もある）、国語の教育、特に吃音《きつおん》や方言などの発音矯正などに力を尽くしたりした人物である。

モデルと言えば、土屋信一『江戸・東京語研究』（勉誠出版）は、式亭三馬「四十八癖」（新潮日本古典集成所収）の「一五人の町人一家をヒントにして、舞台を明治初期の東京山の手の士族一家に移して、描いたものと思われる」としている。伊勢の人が、江戸で房州生まれの妻をめとり、手代は奥州《おうしゅう》・長崎・越後《えちご》……などなどで、子供のみが江戸の生まれ、ということで、テレビ版にのみ登場する清之輔の子、重太郎のことを思い出すし、下女はみな武蔵国《むさしのくに》の生まれ、というのもテレビ版では三人の江戸出身の女中が居た（舞台版では二人）ことを思い出し、なるほど類似を感じる。

また、明治七年頃に文部省にいた西村茂樹も、清之輔のモデルの一人だろうと言われる。清之輔の身分とされる四等出仕は、かなり高い身分で、明治七年十月の「掌中官員録」によれば、文部大輔《たいふ》の田中不二《ふじ》麿《まろ》についで二人の「大丞《だいじょう》」がいて（そのうち一人は、山口出身の漢学者・野村素介《もとすけ》）、その次に「四等出仕」が一人居る（従五位《じゅごい》・長与《ながよ》専斎《せんさい》。長与善郎《よしろう》の父である）。西村茂樹は五等出仕であるし、翌年の二月に西村から日本辞書の編纂を命じられる大槻《おおつき》文彦などは、当時宮城師範学校の校長で八等出仕である。この日本辞書、大槻が独力で苦労して編纂して提出したものの、結局文部省から刊行されることはなく、後に下げ渡され、自費で『言海』として刊行することになったことも、文部官吏の在り方として、近いものを感じる。

モデルについてはこれ以上詮索《せんさく》しないが、本作の舞台として明治七年という時代が選ばれたのには、どういう意図があったのだろうか。

テレビ版脚本の冒頭に時代背景の説明が見えるが、これは、山本正秀『近代文体発生の史的研究』(岩波書店)の「明治初年小学校教科書の文体」あたりとの関わりが感じられる。明治七年の『文部省雑誌』の西潟訥《にしかたたかし》の「説諭」の文を引き、会話教科書の文体を述べるところなどにである(その直前に文語体の教科書の例として若林虎三郎編『小学読本』が挙げられている。本作中、統一話し言葉として文語体を提案した会津の虎三郎が思い起こされるが、この若林虎三郎は「愛知県士族」である。会津訛《なま》りが名古屋訛りに似ていると言われたことも思い起こされる。なお、「虎三郎」は田中不二麿の幼名でもあるが、これは偶然であろうか)。

西潟訥の「説諭」では、方言差によって意思の疎通《そつう》が出来ないことが多いので「会話」の科目を設置すべきであることを求めている。かなり性急な思いが感じられ、江戸時代における方言についての記述から感じられるおおらかさとは異なるように思える。

のちに文部大臣となった森有礼《ありのり》が「英語採用論」を『日本の教育』（英語で書かれている）で示し、これが日本語廃止論とも受け取られたのだが（長谷川精一『森有礼における国民的主体の創出』思文閣出版）、この著の刊行が明治六年であった（作中、広沢が、統一話し言葉は英語にしてはどうかと提案するところがある）。

作者は、このように日本の標準語が求められるようになった状況を「國語元年」と捉《とら》えたのではあるまいか。共通語元年ではなく「標準語元年」、また方言撲滅元年と言ってもよい。「標準語」という用語は明治二十年代になってからであるし、方言撲滅論として知られる青田節《みさお》『方言改良論』（進振堂）が出るのは明治二十一年だし、文部省に国語調査委員会が出来て、標準語制定のためという名目で方言調査を行うのは明治三十年代のことだが、明治七年に既にその芽はある。時が進めば、標準語は東京の言葉を土台にする、ということが動かしがたくなってくるが、この頃であれば、もっと多様な標準語の作り方がありえたのではないか、ということがあるのだろう（「国語」という術語をめぐる状況については、古田東朔《とうさく》『近現代日本語生成史コレクション』（全六巻）くろしお出版に詳しい）。

明治七年という時代は、東京における薩摩方言を含む薩摩風の勢力が強かった時代である。西南戦争の明治十年を超えると、薩摩の勢力は衰えたようである（三宅雪《せつ》嶺《れい》『同時代史』（全六巻、岩波書店）。谷崎潤一郎は、日清戦争以後にも薩摩弁が流行《はや》ったと書き残しているが）。

共通語元年ではなく、というのは、江戸時代において、ある程度共通語らしきものが醸成されていたからである（全国共通語ではなかったが）。江戸時代、民情視察の際に通訳のような人がいたという話はあるが、武士が藩を越えて会話する際には通訳が居たわけではなかった。式亭三馬が『狂言田舎操《いなかあやつり》』で「訛るのは下司《げす》下郎ばかり」と記したのは江戸訛りについてだが、訛るのが下層階級だけだというのは全国的なことであったようだ（長志珠絵《おさしずえ》『近代日本と国語ナショナリズム』（吉川弘文館）第四章には、明治時代における同様のことが記してある）。武士のうち、参覲《さんきん》交代で江戸に上る可能性のある者は、江戸などで他藩の武士と話すことを意識していた。幕末になって、従来であれば国を出ることがなかった人々が混じり合うようになって、方言のせいで通じない、ということが強く意識されるに至ったようなのである。

東京語が共通語的役割を果たしていた、というのは御一新後も同様であったようだ。日本を訪れた西洋人たちは、東京語をその規範としている。

そもそも江戸語は、純粋な東日本の言葉ではなく、東日本の言葉の上に、西日本の言葉の要素がちりばめられて出来た言葉である。三河の武士団に加えて、上方《かみがた》の商人・職人たちが江戸の町へやって来た（これは江戸という町が出来た頃だけの話ではない。上方や近江《おうみ》から来た商人は、江戸での現地採用でなく、上方や近江で採用した人を江戸の店で働かせる、ということが後々までしばしばあったのである）。だから、西日本へも広がりやすい性質も持っていた。また、学問の場などで使われる言葉には、あまり地方差はなかったとの指摘もある（森岡健二・野村剛史《たかし》）。

会津の士族である若林虎三郎が、候文《そうろうぶん》は書けるが聞き取れないほどの訛りを有する、というのはよいとしても、名古屋の士族であった田中不二麿が翻訳の必要なほど強い名古屋言葉を話す、というのは不思議である。直接には登場せず、人伝《づ》ての発言であるからデフォルメされている部分もあるであろうが、史実の田中不二麿は、名古屋の藩校明倫堂で学んで、助教まで勤めた人物で、講じることもあったはずである。ちなみに、清之輔は動詞のことを「シワザのことば」と呼ぶが、これは、名古屋明倫堂の教授でもあった鈴木朖《あきら》が『言語四種論』（名古屋国文学会）という語学書などで使った用語である（「作用言」という漢字表記は、文部省が明治四年に出した『語彙《ごい》別記』にも見えるのだが、「シワザのことば」という読みは、出て来ない）。

ところで、方言がしばしば使われる江戸時代の作品として、十返舎一九の「東海道中膝栗毛《ひざくりげ》」があるが、この作品に見える方言がどれほど正確なものであるか、という考証がある。江戸時代における方言書や、後代の方言記録、さらに現代方言の実態などから考証するものである。本作で使われている方言、それを読者の知っている方言と照らし合わせながら読むのは楽しい行為であるが、これを現代方言からのみ間違った使い方だなどと考えてはならない。ここで描かれるのは明治初期の様相であるし、なにより、登場人物たちは、方言が使用されている場所に留《とど》っているのではなく、或《あ》る程度の期間、方言の坩堝《るつぼ》である東京（そして、この南郷家）に暮らして居るのである。

本作に出て来る方言のうち、江戸・京都・大阪はもちろんだが、庄内・名古屋・鹿児島についても、江戸時代に方言を記録したものが残っており、方言の様子が、或る程度分かる。庄内米沢などは、英国人ダラスが明治八年に『日本アジア協会報』で米沢方言の報告をしており（東京語との対照による）、これが、明治における方言研究の最初のものと言われることもあるものである。ただし、会津（明治十三年には『日本アジア協会報』にチェンバレンの報告が載るが）や遠野、山口は、明治時代後期ぐらいからしか分からない。

清之輔の「アッチョッテ」については、「日本語としてありえない言い方」というような批判もあったが、そんなことはない。「ある」に「ておる」が付く言い方は、九州や四国・中国の一部などにしばしばある。清之輔の出身地である山口では、あまりないようであるが、清之輔は、これらの方言の使い手と接触するうちに獲得したものと見ることが出来る。ただ、「あっちょってでアリマス」のような言い方は、これらの方言でもありにくい言い方で、清之輔は、過剰に獲得してしまったと見られる。このような獲得の仕方は、異方言が接触する時にはしばしばあることである。広沢の「んかった」、ちよの「へんかった」も、文献に見える方言と比較すると、その登場は早過ぎるように感じるが、こうした形がこの時代にあったとすれば、異方言の接触という要因を考えるべきであろう。

方言については、本書を読むだけで楽しめるものであるが、作者が巻末に示してくれた参考文献と照らし合わせて読むと、また別の楽しさが現れる。例えば、国学教授の使う京言葉は、「ジョジョ履いたトト」など、祇園《ぎおん》で観察されるものが目立ち、彼のうさんくささを強める(ただ、「文法規則」などという、当時は西洋語学関係であった言葉を使うところや、フランス語の綴字改革について述べるなどは、単なる酒のみでないことを感じさせる部分である)。薩摩の言葉を愛してやまない重左衛門が読み上げる中にある「シツコノ」は「シソコノ」(仕損なう)から転じたものと思われ、これの由来を考えたくなるし、重左衛門の娘である光《みつ》の言葉には「ヨガコッ」「ナサケンナガ」というものがあるが、「ヨカ」「ナカ」でないのは薩摩半島南部の言い方であり、そうした言い方をしない父親との違いが気になりもする……などなど。舞台版で加えられたちよの言葉については、参考文献が示されていないが、多くは牧村史陽『大阪ことば事典』（講談社）に従ったものと思われる。「奥様」に「オウチサン」についても、項目には見えず、「おいえさん」の方がよいのではないか、といぶかる向きもあろうが、「うちかた」の項に「おうちさん」が見える。また、ちよが「ヒメ」をしていたということに対し、たねが、「お女郎を上方ではヒメとかビビンチョとかいうなんてことをチョイト耳学問しましたよ」というのも、同事典内で完結できる。ビビンチョは「汚らしいこと」の意味であるが、牧村史陽は、この「ビビンチョ」を大阪における或る種の遊女（船に乗せるものであるらしい）を指すピンショから来ていると見ており、たねが（或《あ》るいは教えた人が）混線したものと見られる。

さて、テレビ版から舞台版に加わったものとしては、唱歌のほかに写真もある。写真からは、速記のことを「ことばの写真」と呼ぶことがあったことを想起する。速記は、日本語の書き言葉の近代化に繋《つな》がる言文一致運動に大きく貢献したが、言文一致運動は、話し言葉を書き言葉に近づけ、共通語を普及させる効果もあったことが知られている。速記が日本語を写すことが出来るようになったのは、本作の時代から八年ほど後のこととなる。このころ、日本速記の祖・田鎖綱紀《たくさりこうき》は、英語やスペイン語にける速記の存在を知ってはいたが、まだ日本語速記を考案するには到《いた》っていなかった。作中、広沢修二郎は、南郷家の人々の記念写真を撮ろうとするが、いつも邪魔が入り、失敗してしまう。この失敗は、被写体が動いてしまうことが原因であった。「ことばの写真」が取りたくても、その対象である「ことば」が揺れ動いていた、ということを思わせるのである。

動いている言葉を無理に固めようとすると軋轢《あつれき》が生じる。虎三郎が主張し、史実では三宅米吉が「くにぐにのなまりことばにつきて」で言ったように、行き来を便利にして人が混じり合い「知らず知らずみずから」統一されるのが望ましい、というのは、作者の思いでもあるだろう。

本作の「文明開化語」や、「国語事件殺人辞典」の「二十一世紀の世界語である『簡易日本語』」は、野元菊雄の提唱した「簡約日本語」が意識されていると思われる。「簡約日本語」は野元が国立国語研究所所長であった一九八八年頃に新聞紙上で紹介され、国立の機関が日本語の改造を企《たくら》んでいる、というようにも取られて大きな反響を呼んだが、野元が最初に提唱したのは、同所の日本語教育センター長であった一九七八年、『日本人と日本語』(筑摩書房)においてであった。日本語を学びたい人が、その初期の段階で学ぶものを「簡約日本語」とし、例えば「です・ます」体だけを教えることになるだろう、とした。翌七九年の『言語』三月号では、もう少し詳しい枠組みが書いてあって、本作の文明開化語にも対応する、〈可能の言い方として「コトガデキマス」を使う〉、ということも示されていた。日本語を母語としない人への日本語教育のための定型化の提言であるが、日本語を狭めるものとして受け取られるものであった（野元は後に簡約日本語への反響を纏《まと》めている）。

作者は江戸時代の戯作者《げさくしゃ》について、近世文学研究者の中野三敏《みつとし》と対談した際に（『国文学』一九八二年三月号）、「人間は言葉を自由に使いこなすことができるんだぞという、言葉に対して盛り返してやろうという力の量は、世の中に一定量ないと、言葉でがんじがらめになって、人間は死んでしまうと思うんです」と言っている。作者は、方言撲滅や簡約日本語などの試みに対して、本作においても「人間は言葉を自由に使いこなせないと生きていられないのだ」と主張したのであろう。読み継ぎたい作品である。

（平成二十九年十一月、大阪大学教授〈国語学〉）

昭和六十一年五月、単行本『国語元年』が新潮社より刊行され、それに「国語事件殺人辞典」と「花子さん」を加えた文庫『國語元年』が平成元年に刊行された。本書は、先の二編を除き「國語元年」のみを収録したものである。また、明らかな誤植と思われる表記は著作権継承者との協議の上修正した。

井上ひさし著
ブンとフン
フン先生が書いた小説の主人公、神出鬼没の大泥棒ブンが小説から飛び出した。奔放な空想奇想が痛烈な諷刺と哄笑を生む処女長編。

井上ひさし著
新釈遠野物語
遠野山中に住まう犬伏老人が語ってきかせた、腹の皮がよじれるほど奇天烈なホラ話……。名著『遠野物語』にいどむ、現代の怪異譚。

井上ひさし著
私家版日本語文法
一家に一冊話題は無限、あの退屈だった文法いまいずこ。日本語の豊かな魅力を爆笑と驚愕のうちに体得できる空前絶後の言葉の教室。

井上ひさし著
吉里吉里人（上・中・下）
日本SF大賞・読売文学賞受賞
東北の一寒村が突如日本から分離独立した。大国日本の問題を鋭く撃つおかしくも感動的な新国家を言葉の魅力を満載して描く大作。

井上ひさし著
自家製文章読本
喋り慣れた日本語も、書くとなれば話が違う。名作から広告文まで、用例を縦横無尽に駆使して説く、井上ひさし式文章作法の極意。

井上ひさし著
父と暮せば
愛する者を原爆で失い、一人生き残った負い目で恋に対してかたくなな娘、彼女を励ます父。絶望を乗り越えて再生に向かう魂の物語。

井上ひさしほか著
文学の蔵編

井上ひさしと141人の仲間たちの作文教室

原稿用紙の書き方、題のつけ方、そして中身は自分の一番言いたいことをあくまで具体的に――文章の達人が伝授する作文術の極意。

井上ひさし著

一週間

昭和21年早春。ハバロフスクの捕虜収容所に移送された小松修吉は、ある秘密を武器に当局と徹底抗戦を始める。著者の文学的集大成。

井上ひさし著

言語小説集

あっという結末、抱腹絶倒の大どんでん返し。言葉の魔術師が言語をテーマに紡いだ奇想天外な七編。単行本未収録の幻の四編を追加！

松本修著

全国アホ・バカ分布考
―はるかなる言葉の旅路―

アホとバカの境界は？ 素朴な疑問に端を発し、全国市町村への取材、古辞書類の渉猟を経て方言地図完成までを描くドキュメント。

NHKアナウンス室編

「サバを読む」の「サバ」の正体
―NHK 気になることば―

「どっこいしょ」の語源は？「おかげさま」は誰の〝陰〟？「未明」って何時ごろ？ NHK人気番組から誕生した、日本語の謎を楽しむ本。

NHKアナウンス室編

走らないのになぜ「ご馳走」？
―NHK 気になることば―

身近な「日本語」の不思議を通して、もっと「ことば」が好きになる。大人気「サバの正体」に続くNHK人気番組の本、第二弾！

シェイクスピア
福田恆存訳
アントニーとクレオパトラ

シーザー亡きあと、ローマ帝国独裁の野望を秘めながら、エジプトの女王クレオパトラと恋におちたアントニー。情熱にみちた悲劇。

シェイクスピア
福田恆存訳
リチャード三世

あらゆる権謀術数を駆使して王位を狙う魔性の君主リチャード――薔薇戦争を背景に偽善と偽悪をこえた近代的悪人像を確立した史劇。

シェイクスピア
福田恆存訳
お気に召すまま

美しいアーデンの森の中で、幾組もの恋人たちが展開するさまざまな恋。牧歌的抒情と巧みな演劇手法がみごとに融和した浪漫喜劇。

モリエール
内藤濯訳
人間ぎらい

誠実であろうとすればするほど世間とうまく折り合えず、恋にも破れて人間ぎらいになっていく青年を、涙と笑いで描く喜劇の傑作。

チェーホフ
神西清訳
桜の園・三人姉妹

急変していく現実を理解できず、華やかな昔の夢に溺れたまま没落していく貴族の哀愁を描いた「桜の園」。名作「三人姉妹」を併録。

チェーホフ
神西清訳
かもめ・ワーニャ伯父さん

恋と情事で錯綜した人間関係の織りなす日常のなかに、絶望から人を救うものは忍耐であるというテーマを展開させた「かもめ」等2編。

チェーホフ
小笠原豊樹訳
かわいい女・犬を連れた奥さん
男運に恵まれず何度も夫を変えるが、その度に夫の意見に合わせて生活してゆく女を描いた「かわいい女」など晩年の作品7編を収録。

チェーホフ
松下裕訳
チェーホフ・ユモレスカ
―傑作短編集I―
哀愁を湛えた登場人物たちを待ち受ける、あっと驚く結末。ロシア最高の短編作家の、ユーモアあふれるショートショート、新訳65編。

ゲーテ
高橋義孝訳
ファウスト（一・二）
悪魔メフィストーフェレスと魂を賭けた契約をして、充たされた人生を体験しつくそうとするファウスト――文豪が生涯をかけた大作。

小澤征爾
武満徹著
音楽
音楽との出会い、恩師カラヤンやストラヴィンスキーのこと、現代音楽の可能性――日本を代表する音楽家二人の鋭い提言。写真多数。

小澤征爾
村上春樹著
小澤征爾さんと、音楽について話をする
小林秀雄賞受賞
音楽を聴くって、なんて素晴らしいんだろう……世界で活躍する指揮者と小説家が、「良き音楽」をめぐって、すべてを語り尽くす！

小澤征爾著
ボクの音楽武者修行
〝世界のオザワ〟の音楽的出発はスクーターでのヨーロッパ一人旅だった。国際コンクール入賞から名指揮者となるまでの青春の自伝。

大江健三郎著

死者の奢り・飼育

芥川賞受賞

黒人兵と寒村の子供たちとの惨劇を描く「飼育」等6編。豊饒なイメージを駆使して、閉ざされた状況下の生を追究した初期作品集。

大江健三郎著

われらの時代

遍在する自殺の機会に見張られながら生きてゆかざるをえない〝われらの時代〟。若者の性を通して閉塞状況の打破を模索した野心作。

大江健三郎著

芽むしり仔撃ち

疫病の流行する山村に閉じこめられた非行少年たちの愛と友情にみちた共生感とその挫折。綿密な設定と新鮮なイメージで描かれた傑作。

大江健三郎著

性的人間

青年の性の渇望と行動を大胆に描いて波紋を投じた「性的人間」、政治少年の行動と心理を描いた「セヴンティーン」など問題作3編。

大江健三郎著

空の怪物アグイー

六〇年安保以後の不安な状況を背景に〝現代の恐怖と狂気〟を描く表題作ほか「不満足」「スパルタ教育」「敬老週間」「犬の世界」など。

大江健三郎著

見るまえに跳べ

処女作「奇妙な仕事」から3年後の「下降生活者」まで、時代の旗手としての名声と悪評の中で、充実した歩みを始めた時期の秀作10編。

大江健三郎著

われらの狂気を生き延びる道を教えよ

おそいくる時代の狂気と、自分の内部からあらわれてくる狂気にとらわれながら、核時代を生き延びる人間の絶望感と解放の道を描く。

大江健三郎著

個人的な体験

新潮社文学賞受賞

奇形に生れたわが子の死を願う青年の魂の遍歴と、絶望と背徳の日々。狂気の淵に瀕した現代人に再生の希望はあるのか？　力作長編。

大江健三郎著

ピンチランナー調書

地球の危機を救うべく「宇宙？」から派遣されたピンチランナー二人組！　内ゲバ殺人から右翼パトロンまでをユーモラスに描く快作。

大江健三郎著

同時代ゲーム

四国の山奥に創建された《村＝国家＝小宇宙》が、大日本帝国と全面戦争に突入した!?　特異な構想力が産んだ現代文学の収穫。

大江健三郎著

「雨の木《レイン・ツリー》」を聴く女たち

荒涼たる世界と人間の魂に水滴をそそぐ「雨の木」のイメージに重ねて、危機にある男女の生き死にを描いた著者会心の連作小説集。

大江健三郎著

私という小説家の作り方

40年に及ぶ作家生活を経て、いまなお前進を続ける著者が、主要作品の創作過程と小説作法を詳細に語る「クリエイティヴな自伝」。

司馬遼太郎著
梟の城
直木賞受賞

信長、秀吉……権力者たちの陰で、凄絶な死闘を展開する二人の忍者の生きざまを通して、かげろうの如き彼らの実像を活写した長編。

司馬遼太郎著
人斬り以蔵

幕末の混乱の中で、劣等感から命ぜられるままに人を斬る男の激情と苦悩を描く表題作ほか変革期に生きた人間像に焦点をあてた7編。

司馬遼太郎著
国盗り物語
(一〜四)

貧しい油売りから美濃国主になった斎藤道三、天才的な知略で天下統一を計った織田信長。新時代を拓く先鋒となった英雄たちの生涯。

司馬遼太郎著
燃えよ剣
(上・下)

組織作りの異才によって、新選組を最強の集団へ作りあげてゆく〝バラガキのトシ〟――剣に生き剣に死んだ新選組副長土方歳三の生涯。

司馬遼太郎著
関ヶ原
(上・中・下)

古今最大の戦闘となった天下分け目の決戦の過程を描いて、家康・三成の権謀の渦中で命運を賭した戦国諸雄の人間像を浮彫りにする。

司馬遼太郎著
峠
(上・中・下)

幕末の激動期に、封建制の崩壊を見通しながら、武士道に生きるため、越後長岡藩をひきいて官軍と戦った河井継之助の壮烈な生涯。

新版 國《こく》語《ご》元《がん》年《ねん》

新潮文庫　い－14－35

平成三十年一月一日発行

著者　井《いの》上《うえ》ひさし

発行者　佐藤隆信

発行所　株式会社　新潮社

郵便番号　一六二―八七一一
東京都新宿区矢来町七一
電話 編集部(〇三)三二六六―五四四〇
　　 読者係(〇三)三二六六―五一一一
http://www.shinchosha.co.jp

価格はカバーに表示してあります。

乱丁・落丁本は、ご面倒ですが小社読者係宛ご送付ください。送料小社負担にてお取替えいたします。

印刷・大日本印刷株式会社　製本・加藤製本株式会社

ISBN978-4-10-116835-7 C0193